Ger

21/4/12

Stéphane Audeguy

21/44.

Petit éloge
de la douceur

Gallimard

Né à Tours en 1964, Stéphane Audeguy étudie tout d'abord la littérature anglo-saxonne, et séjourne un an aux États-Unis en tant qu'assistant à l'université de Charlottesville (Virginie). Puis il revient à Paris où il obtient l'agrégation de lettres modernes. Attiré par le cinéma, il collabore à divers courts métrages. Il enseigne désormais l'histoire du cinéma et des arts dans les Hauts-de-Seine. En 2005, les Éditions Gallimard publient avec succès son premier roman, *La théorie des nuages*, dans lequel un couturier japonais, Akira Kumo, engage une jeune femme pour qu'elle classe sa bibliothèque consacrée à la météorologie, et lui raconte l'histoire des chasseurs de nuages. Ce roman inclassable et poétique est récompensé par de nombreux prix, dont le Grand Prix Maurice-Genevoix de l'Académie française. En 2006 paraît aux Éditions Gallimard son deuxième roman, *Fils unique* : ces Mémoires fictifs du frère aîné de Jean-Jacques Rousseau, érudit et libertin, ont reçu le prestigieux prix des Deux-Magots.

Mariant avec bonheur exigence et fantaisie, Stéphane Audeguy s'impose comme l'une des jeunes plumes les plus talentueuses de la littérature d'aujourd'hui.

Découvrez, lisez ou relisez les livres de Stéphane Audeguy :

LA THÉORIE DES NUAGES (Folio n° 4537)

FILS UNIQUE (à paraître en Folio)

Introduction à la vie douce

Si la douceur était une faiblesse, si elle n'était que le contraire de la violence, et le signe infamant d'une impuissance, on ne voit pas bien comment elle aurait pu survivre, depuis le temps, à tous ses ennemis.

Pour autant, la douceur n'est pas un pouvoir. Par exemple, elle peut difficilement donner lieu à l'élaboration d'un concept, ou de slogans. Sont-ce là les symptômes d'une coupable faiblesse ? Je ne crois pas. Simplement, la virulence, l'intensité, la puissance de la douceur ne se situent pas dans ce plan-là. Et si jamais la douceur parvenait un jour à occuper une situation dominante dans notre société, il faudrait aussi l'abandonner, comme on quitte une position, comme on déserte. Mais ce n'est pas, comme on dit, demain la veille.

La douceur est vouée à une irrémédiable minorité : ce charme est son secret. C'est précisément pourquoi, il me semble, toutes sortes de forces politiques, sociales, morales s'acharnent à la falsifier. Toute force réactive hait la douceur et cherche à la remplacer par d'odieux simulacres : la mièvrerie, la niaiserie, l'infantilisme, le consensus.

Je propose d'appeler ici douceur l'ensemble des puissances d'une existence libre ; définition générale, mais non vague, si l'on veut bien y réfléchir.

J'entends déjà ricaner les cyniques, les habiles, les réalistes, tous les petits malins à qui on ne la fait pas, et qui vont dire : la douceur, combien de divisions ? S'il faut défendre la douceur, c'est contre ces faibles-là, parce qu'ils sont les plus nombreux, et partant les plus forts. Mais comment la défendrons-nous ? On n'imagine pas un *Manifeste*, ni même un *Traité de la douceur* : trop de bruit, trop de gestes. L'éloge ici convient, qui fera un livre aux contours incertains, mais que la gaieté continûment inspire ; je ne sache pas qu'elle exclue la fermeté ou la force.

Cependant, dans ce combat très particulier que nous livrons pour la douceur, tous les moyens ne sont pas bons. En effet, la douceur suppose toujours une affirmation, une joie même si, par ruse et dans l'adversité, elle peut se présenter sous les espèces de la négativité. La douceur commande une sorte de guérilla, avec ses caches d'armes, ses décrochages, ses pièges et ses alliances. Dans ton combat contre le monde, seconde le monde : nous devons cette exhortation à l'un des génies les plus doux de la littérature mondiale. Tâchons de n'être pas indigne tout à fait de cette exhortation.

Âge des bonbons

Il faudrait vérifier : c'était il y a vingt ans, je crois. Des magasins firent leur apparition en France, qui ne vendaient que des bonbons. En un sens ils prenaient le relais des marchands ambulants, et concurrençaient les boutiques des confiseurs, qui dans le fait ne sont plus légion. Car ces nouvelles boutiques, à l'évidence, n'étaient pas particulièrement destinées aux enfants ; et leur chiffre d'affaires ne dépendaient pas des fêtes religieuses revues au goût du jour marchand et païen : chocolats de l'Avent, œufs de Pâques. De plus la consommation des bonbons a cessé d'être sexuée : naguère encore, Pierre Larousse notait, pour illustrer le sens pluriel du mot : « *Les femmes et les enfants aiment beaucoup les* DOUCEURS. » Puis il citait Gresset :

Mille bonbons, mille exquises douceurs
Chargeaient toujours les poches de nos sœurs.

Déplorerons-nous ici l'influence des États-Unis d'Amérique, explication toujours à la disposition des adversaires de tout plaisir ? Pas seulement : après tout, leurs *sweets* sont la traduction de nos douceurs. Cette entrée dans l'ère du sucré est le sûr indice d'une modification de la définition de l'adulte. Le mot même d'adulte finira, je crois, par sonner bien désuet aux oreilles d'une population qu'on voudrait tant persuader des mérites de la jeunesse, puisqu'on la veut puérile et naïve ; ce qui n'est pas la même chose, que je sache.

Par ailleurs, je comprends le désespoir des diététiciens : les experts de la marchandisation ont vite compris qu'au pire de l'enfance (sa veulerie, sa niaiserie, son irresponsabilité) correspondait, ma foi, un excellent consommateur de masse. Désormais les vieillards, autres cibles privilégiées de l'infantilisation, n'ont qu'à bien se tenir. Mais je veux croire aussi qu'être adulte ne suppose pas nécessairement de devenir étranger à son enfance ; et j'ai bien du mal à tenir l'âge des bonbons pour celui des ténèbres.

Amande

Se souvenir qu'à l'état sauvage les amandes sont immangeables.

Amitié

C'est un homme, et qui parle d'un autre homme : « Quel plaisir j'ai eu à le revoir et à le recouvrer ! Avec quelle chaleur nous nous sommes serrés ! Mon cœur nageait. Je ne pouvais lui parler ; ni lui non plus. Nous nous baisions sans mot dire, et je pleurais. Nous ne l'attendions pas. Nous étions au dessert quand on l'annonça. C'est monsieur Grimm. C'est monsieur Grimm, repris-je avec un cri, et je me levai et courus à lui, je sautai à son col. Il s'assit, il dîna, mal je crois. Pour moi, je ne pus desserrer les dents ni pour manger ni pour parler. Il était à côté de moi. Je lui tenais la main et je le regardais. Jugez combien je vais être heureux tout à l'heure que je vous reverrai [...]. Après dîner, notre tendresse reprit, mais elle fut un peu moins muette. Je ne sais comment le baron, qui est un peu jaloux, et qui peut-être était un peu négligé, regardait cela. Je sais seulement que ce fut un spectacle bien doux pour les autres, car ils me l'ont dit. [...] On en a usé avec nous comme avec un amant et une maîtresse pour qui on aurait des égards. On nous a laissés seuls dans le salon. » On aura reconnu, je pense, Diderot et son cher Grimm. Tant de ferveur nous étonne. On aurait tort de la verser entièrement au compte du tempérament fougueux et théâtral de Diderot. Certes, Diderot appartient, et il en convient volontiers, au parti des hommes sensibles. Ce qui sans doute n'alla pas chez lui sans inquiétude, puisqu'il considérait que la froideur est la marque d'un grand génie. Mais nous savons également que par cette conception enthousiaste de l'amitié Diderot est parfaitement représentatif de son temps.

De fait, c'est de la Renaissance aux Lumières, de Montaigne à Diderot, que l'amitié a connu en France ses formes les plus intenses, les plus passionnelles. Dans la lettre à Sophie Volland que je viens de citer, par exemple, Diderot décrit sa réaction après une séparation physique de huit mois seulement (Grimm et lui se sont écrit, par ailleurs). Il est vrai aussi qu'alors un homme ne répugnait pas à employer le mot d'amour, s'agissant d'un ami du même sexe : ici on entend les clameurs de triomphe des innombrables zélateurs de la foi pansexualiste pousser des cris de triomphe : un Diderot *gay*, ce serait trop beau ; un Diderot refoulé, c'est déjà bien. Or, si l'on sent bien que l'hypothèse de la répression *sexuelle* est inadéquate, qu'il serait ridicule de postuler une homosexualité plus ou moins inconsciente entre eux (l'homosexualité, au sens où nous l'entendons, est ici un concept anachronique) ; on doit bien par ailleurs se rendre à cette évidence étrange : il fut un temps où l'amitié était une véritable passion (ce qui suppose des souffrances non moins que des plaisirs). Et ce, justement dans le temps où l'amour n'en était pas une. Un historien de la tendresse amoureuse écrit à ce sujet : « Il est probable qu'au XVIᵉ siècle, où les femmes étaient loin de constituer "l'autre moitié du monde", les hommes demandaient un peu plus à l'amitié, en termes affectif et identitaire. L'amour, le couple, le mariage, le foyer, l'épouse, l'enfant, tout cela, autant qu'on sache, ne fournissait *a priori* qu'un médiocre fondement affectif. Nous avons tendance à juger "modernes" ceux qui l'ont encensé alors qu'ils devaient passer pour naïfs et ridicules (voire dangereux) aux yeux de leurs contemporains » (Maurice Daumas, *La Tendresse amoureuse, XVIᵉ-XVIIIᵉ siècle*). Au XVIᵉ siècle, c'est l'amitié masculine qui est investie de la passion que beaucoup de nos contemporains mettent à l'amour ; évidemment, nous parlons d'un monde où l'homme seul, à moins d'être un saint ermite, n'a pas de sens, où la question de la sociabilité entre pairs est vitale. Le XVIIIᵉ siècle fut ce temps de transition (certains diront : d'équilibre ; mais

15

je ne vois pas en quoi cette égalité serait plus ou moins à valoriser qu'une autre cartographie de la tendresse ; celle d'aujourd'hui, par exemple), puisqu'on y vit les femmes jouer un rôle plus important dans la définition de l'homme qu'auparavant. D'où, certainement, une modification des formes de l'amitié : « Lorsque l'identité des hommes commença à être confirmée par les femmes — c'est-à-dire lorsqu'elle se *sexualisa* —, ce ne furent pas seulement les rôles de père, de mari, de fils et d'amant qui, si l'on ose dire, virèrent leur cuti : tous les rôles masculins furent renouvelés dans le sens d'un plus grand respect à l'égard des valeurs attribuées aux femmes. Il est donc possible que les effets les plus spectaculaires du processus de civilisation soient redevables à cette évolution des mécanismes identitaires dont l'émergence de la tendresse ne constitue qu'un volet », conclut Maurice Daumas.

J'aime qu'un historien nous fasse toucher du doigt la plasticité des formes de la subjectivité ; car non seulement il légitime ainsi, historiquement, les luttes qui sont menées pour une pluralisation, c'est-à-dire un assouplissement de l'identité : certaines luttes féministes, le combat en faveur de l'homoparentalité, les théoriciens du *queer* (en France, les travaux drôles et passionnants de Marie-Hélène Bourcier). Ces combats ne sont en rien marginaux, comme on dit, puisqu'ils concernent de façon centrale la question de la fabrique de l'identité humaine et accompagnent tous ceux qui, dans leur vie personnelle, celle qu'on dit si étrangement privée alors qu'elle est sans cesse traversée par des enjeux politiques et sociaux, cherchent à expérimenter des façons d'être ensemble qui échappent aux mesquineries petites-bourgeoises.

Aphorismes

Chez les plus grands maîtres (La Bruyère, Nietzsche), l'aphorisme procède d'une politesse, d'une bienveillance : il suppose que le lecteur soit capable de penser (et se réjouit, du même coup, qu'il puisse penser autrement que l'auteur). Non par modestie : le recueil d'aphorismes requiert une capacité de composition inouïe, qui fait du genre une forme à la fois brève et infinie.

Art de se taire

Soyons reconnaissants aux éditions Jérôme Millon d'avoir réédité naguère l'*Art de se taire,* de l'abbé Dinouart (1771). On y lit par exemple ceci : « Je suppose ici qu'il ne suffit pas, pour bien se taire, de fermer la bouche, et de ne point parler : il n'y aurait en cela nulle différence entre l'homme et les animaux ; ceux-ci sont naturellement muets ; mais il faut savoir gouverner sa langue, prendre les moments qui conviennent pour la retenir, ou pour lui donner une liberté modérée ; suivre les règles que la prudence prescrit en cette matière ; distinguer, dans les événements de la vie, les occasions où le silence doit être inviolable ; avoir une fermeté inflexible, lorsqu'il s'agit d'observer, sans se démentir, tout ce qu'on a jugé convenable pour bien se taire : or, tout cela suppose réflexions, lumières et connaissance. » Que dire de plus ?

Assujettissement

À chaque instant soyez vous-même : voilà bien l'injonction la plus sadique, la plus odieusement enjôleuse qui ait jamais été inventée par la société de consommation. Car non seulement il est impossible de savoir avec une certitude pleine et entière si l'on est soi-même ; mais encore une vie ne vaut que par ses rencontres, que par les forces multiples qui les parcourent, par toutes les puissances de joie, de création, de plaisir qui l'animent ; et cela n'a pas grand-chose à voir avec ce qu'il est convenu d'appeler (la tristesse mesquine du mot devrait suffire à nous alerter) un *individu* ; sorte de petite dictature de la République du Moi, une et indivisible, étrangère à toute idée de fraternité, d'égalité et de liberté. Ne sait-on pas que le mot « sujet » désigne, en politique, celui qui doit soumission ?

Astaire (Fred)

Fred Astaire assista un jour à la finale d'un tournoi de tennis professionnel, dont il sortit fort choqué : à 5-4 dans un set qui n'était pas nécessairement le dernier, l'un des deux joueurs avait baissé les bras et fini par perdre. Fred Astaire ne lui tenait pas grief de sa défaite ; mais s'offusquait du renoncement.

Aucun danseur n'a travaillé autant que Fred Astaire, aucun ne s'est autant nourri des inventions des autres, aucun n'a inventé avec davantage de rigueur ; avec tout cela, l'élégance suprême, celle qui consiste à ne laisser transparaître rien de tous ces efforts. Là où tant d'artistes, minés par les souffrances qu'implique une création, finissent par laisser affleurer, dans leurs œuvres achevées, quelques traces de leur labeur, qui précisément marquent un inachèvement, Fred Astaire sourit.

À le voir évoluer, on mesure sa virtuosité (les plus grands danseurs classiques se sont inclinés devant lui). Mais elle ne nous pèse pas ; elle nous transporte. Tel est le miracle de ce génie léger, capable non seulement de danser avec n'importe qui et n'importe où, mais aussi avec n'importe quoi : Fred Astaire a dansé avec des parapluies et des portemanteaux, avec des chaises et des fleurs, *you name it*. Son élégance tient à ce rapport fondamentalement heureux aux choses et aux autres. Un autre maître du music-hall, Donald O'Connor réussit le même prodige au moins une fois : c'est dans le numéro « Let them laugh » de *Chantons sous la pluie*.

Le cinéma de Hong Kong a lui aussi produit son danseur : Jackie Chan, qui fut l'élève d'une école d'opéra chinois. Du vindicatif Bruce Lee, il est une sorte de négation comique, souple et volatile. Car la figure exemplaire d'un film de Bruce Lee, c'est ce cercle au milieu duquel il se tient immobile, et élimine les adversaires au fur et à mesure qu'ils se précipitent dans son espace vital (l'amusant étant que Jackie Chan a joué, dans sa jeunesse, l'un de ses assaillants téméraires). Dans les meilleurs films de Jackie Chan, au contraire, c'est le héros qui est mobile, notamment parce qu'il est, le plus souvent, inférieur en force à l'adversaire ; et, comme Fred Astaire, il se sert du lieu où il évolue (une salle de gymnastique, un chantier) pour le saturer de ses acrobaties. Tout l'éventail des moyens du burlesque y passent : Jackie Chan est le rejeton de ce cinéma du corps et du mouvement. Il ne manque d'ailleurs jamais de rappeler son admiration pour Harold Lloyd et Buster Keaton, ces génies de l'impassibilité physique.

Aubes

Se souvenir que l'aube fut, en cet âge magnifique qu'on dit si mal moyen, un genre poétique des plus féconds. Poésie haute et joyeuse, dont l'argument charmant ne variait guère : des amants proscrits (la poésie courtoise n'est guère conjugale) partagent les douceurs de la nuit ; un ami fidèle guette les malveillants, les losengiers, les félons qui pourraient venir les surprendre, et leur signale l'arrivée de l'aube ; d'où le nom. Voici un exemple d'aube canonique :

> *Quand s'époumone le rossignol*
> *Nuit et jour pour sa compagne*
> *Moi je suis près de ma mie*
> *Jusqu'à ce que le guetteur crie :*
> *Levez-vous, amants !*
> *Car je vois l'aube et pâlir le jour.*

Ce qui m'enchante ici, c'est qu'aux origines de notre poésie des hommes ont choisi de célébrer l'amour, qu'ils ont inventé, dans les commencements du jour :

La douce voix du rossignol sauvage
Dont j'entends chaque nuit les trilles
Emplit mon cœur de tant de douceur et de calme
Que me vient l'envie de chanter mon bonheur

Je sais bien qu'il n'est de poésie sans posture particulière (je ne dis pas : sans pose). Quiconque s'y essaye en fait l'épreuve. Il faudrait toujours écrire dans cette lumière-là, dans la fatigue de l'amour et l'amitié des guetteurs de tour.

Au lecteur

De l'un de ses ouvrages Nietzsche nous dit : un livre pour tous et pour personne. Cette définition vaut pour toute œuvre digne de ce nom.

Barthes (Roland)

On l'oublie facilement, mais Roland Barthes a choisi d'ouvrir ses *Fragments d'un discours amoureux* par une méditation sur la douceur. À deux reprises, l'idée de suicide se présente à lui « pure de tout ressentiment (aucun chantage à personne) ». « Cette pensée frôlée, tentée, tâtée (comme on tâte l'eau du pied) peut revenir. Elle n'a rien de solennel. Ceci est très exactement la *douceur*. »

Ces mouvements indistincts de l'âme qui détermine un flottement de soi, tandis que se disperse la petite collection d'opinions et de traits supposément distinctifs que chacun considère comme son moi, Roland Barthes excellait à les décrire ; non sans mélancolie.

Beckett (Samuel)

Incipit comedia : « CLOV (*regard fixe, voix blanche*). Finir, c'est fini, ça va finir, ça va peut-être finir. (*Un temps.*) Les grains s'ajoutent aux grains, un à un, et un jour, soudain, c'est un tas, un petit tas, l'impossible tas » (*Fin de partie*).

Billy Budd, marin

Dans cette nouvelle de Melville, Billy Budd est un jeune marin qui s'attire la haine de l'équipage dont il est membre. On interprète cette haine en rapport avec des motifs homo-érotiques ; on invoque également le caractère christique de la figure de Billy Budd. On peut s'en tenir à la douceur de son nom : la société que décrit Melville n'est pas prête à pardonner cela ; ni aucune autre.

Dans l'opéra du même nom, Benjamin Britten a magnifiquement translaté cette tendresse de Billy Budd : dans l'avant-dernière scène, un motif envahit l'espace de toute sa puissance, puis se disperse, comme ceux qui viennent d'assister à la pendaison de Billy, pour s'achever comme une vague lente. La tristesse qu'exprime le capitaine responsable de sa mort, dans l'épilogue qui suit immédiatement, est la plus douce qui soit.

Bologne

Il s'agissait à l'origine de faire face à une crise du logement : Bologne, qui est sans doute la ville la plus intelligente d'Europe, imagina de gagner sur la rue un étage. Il existe donc depuis, dans tout Bologne, des trottoirs couverts par de larges arcades. On s'y promène à l'abri, dans la fraîcheur de l'hiver, dans la chaleur des étés. Les voûtes dominent le passant, mais sans l'écraser, à plus de deux mètres cinquante du sol — il s'agissait jadis de permettre même le passage des cavaliers. À l'abri de ces *portici*, un luxe délicat : être dehors aussi bien que dedans.

Bouche

Il fait bon savoir que les œnologues distinguent, au sein de la complexité d'un vin : la robe, le nez, la bouche. Et que la bouche, par exemple, comporte trois temps : l'attaque, le milieu, la finale. Ces finesses de langage correspondent à une finesse pratique du sensible et sont un salutaire appel à la lenteur des dégustations, qu'il n'est aucune raison de ne pas étendre à l'ensemble des objets du monde sensible. La haine petite-bourgeoise à l'encontre des finesses de vocabulaire, de sensations des amateurs de vins et, d'une façon plus générale, à l'égard de toute différence, est proprement terrifiante.

Boucherie

Tchouang-tseu raconte l'anecdote suivante dans un chapitre intitulé « Principe d'hygiène ».

Le prince Wen-houei demande à son boucher le secret de son art. Le boucher dépose son couteau et dit : « J'aime le Tao et ainsi je progresse dans mon art. Au début de ma carrière, je ne voyais que le bœuf. Après trois ans d'exercice, je ne voyais plus le bœuf. Maintenant c'est mon esprit qui opère plus que mes yeux. Mes sens n'agissent plus, mais seulement mon esprit. Je connais la conformation naturelle du bœuf et ne m'attaque qu'aux interstices. Si je ne détériore pas les veines, les artères, les muscles et les nerfs, à plus forte raison les grands os ! Un bon boucher use un couteau par an parce qu'il ne découpe que la chair. Un boucher ordinaire use un couteau par mois parce qu'il le brise sur les os. Le même couteau m'a servi depuis dix-neuf ans. Il a dépecé plusieurs milliers de bœufs et son tranchant paraît toujours comme s'il était aiguisé de neuf. À vrai dire, les jointures des os contiennent des interstices et le tranchant du couteau n'a pas d'épaisseur. Celui qui sait enfoncer le tranchant très mince dans ces interstices manie son couteau avec aisance parce qu'il opère à travers les endroits vides. C'est pourquoi je me suis servi de mon couteau depuis dix-neuf ans et son tranchant paraît toujours comme s'il était aiguisé de neuf. Chaque fois que j'ai à découper les jointures des os, je remarque les difficultés particulières à résoudre, et je retiens mon haleine, fixe mes regards et opère lentement. Je manie très doucement mon couteau et

26

les jointures se séparent aussi aisément qu'on dépose de la terre sur le sol. Je retire mon couteau et me relève ; je regarde de tous côtés et me divertis ici et là ; je remets alors mon couteau en bon état et le rentre dans son étui. »

Caresses

Il faut sans doute rappeler, à propos du cinéma pornographique, quelques évidences. La bêtise du cinéma X dominant, je veux dire, de celui qui ne fait qu'exprimer la bêtise de l'idéologie dominante, se mesure au statut qu'il accorde aux caresses. Soit elles sont inexistantes ; soit elles servent de préliminaires fonctionnels à l'acte suprême de la Pénétration ; ce qui fait du cunnilingus, entre autres choses, une sorte de travail de garagiste (vérification des niveaux de lubrification). On peut inférer de là que notre société abhorre toute espèce de gratuité ; et particulièrement la gratuité du plaisir ; elle lui préfère la *dépense*. Le film X ridiculise le plaisir, il a d'ailleurs la rage de le réduire à un ensemble de trucs techniques, de pénétrations monstrueuses, etc. Sa haine sournoise pour le corps et pour tout ce qui pourrait ressembler à un plaisir véritable ne connaît qu'une exception : l'éjaculation masculine, événement tellement fondamental que tous ces messieurs se voient obligés de retirer leur organe de l'orifice où ils l'avaient introduit, afin que le spectateur puisse constater, comme l'assesseur d'une élection quelconque : *a joui* (ne parlons même pas de la naïveté qui consiste à définir la jouissance masculine par l'émission de sperme). De sorte que, si étrange que cela puisse paraître, le spectateur d'un porno de base regarde en fait, pour l'essentiel, des bites. C'est également l'occasion pour les réalisateurs de prendre des photos de cette Assomption. Détail cynique : dans les films X d'avant le numérique, on entend même le bruit des appareils ; et l'éjaculateur est fréquemment *flashé* : ce qui prouve bien qu'il y a excès de vitesse. Étrange univers où l'éjaculation est pour l'essentiel un sport de plein air. Mais aussi candeur suprême du genre X : il prétend pouvoir montrer une jouissance.

Quant à l'irrémédiable dissymétrie entre les sexualités masculine et féminine, elle est systématiquement ignorée, ou rabattue sur des expédients. Une dame sur l'âge et supposée gourmande reçoit en privé une cinquantaine de messieurs. Un individu génitalement gâté par la nature se voit environné d'une nuée de gourgandines en rut. Le film X est un univers aussi autonome du réel que le fut l'épopée médiévale ; cela n'implique pas qu'il soit arbitraire vis-à-vis du réel, bien au contraire. Il exprime en fait la conception actuelle de ce qu'il est convenu d'appeler le sexe ; tout cela est d'une pauvreté effarante. Pour le coup, on se prend à rêver de ce que pourrait être un autre cinéma « sexuel ». Après tout, jamais on n'a confié à un bon réalisateur la réalisation d'un film de ce genre ; en lui attribuant un budget correct, des acteurs acceptables, un scénariste talentueux. Qu'on ne m'objecte pas les quelques films dits érotiques du type *Empire des sens*, monceau de poncifs usés sur le sexe ; ni le consternant *Casanova* de Fellini, film qui, à ce qu'il m'en souvient, se montre systématiquement hostile au mode de vie de son héros, ce qui est tout de même un comble (imagine-t-on un western tout entier consacré à démontrer l'ineptie de la vie du garçon vacher qui y tiendrait la vedette ?).

Tout cela n'est pas bien grave, et le porno est peut-être bête par essence ; sa bêtise alors ne serait plus une aliénation, mais tout simplement un trait secondaire, lié à la bêtise de tout univers fantasmatique. Au reste, le plus infâme nanar peut nous exciter, indépendamment de son sens ; la qualité des caresses qu'il inspire ne dépend pas de lui, et c'est heureux.

Et puis l'obscénité a ses douceurs ; mais c'est dans le secret des chambres.

Changements

Sans vouloir sous-estimer l'importance des révolutions de tous ordres, il faut dire et redire que ne sont pas moins importants les modifications lentes, les processus de la longue durée, qu'il s'agisse des techniques, de la politique ou du social. Les évolutions autant, sinon plus, et ne nous en déplaise, que la révolution. La gauche ne peut pas se contenter, dès lors, de vivre selon un imaginaire de la révolution, sous peine de menacer son existence même.

Chanson française

La grandeur de la chanson française est d'avoir été un genre mineur (disons, au hasard, jusqu'au XIXe siècle ; c'est une autre date, cela ne change guère mon raisonnement). Aujourd'hui, en France, elle est en passe de remplacer la poésie, ou plus exactement d'usurper sa place. Cela fait partie d'un mouvement plus général : dans le même temps, des *intellectuels* n'hésitent plus à comparer la tragédie antique et une finale de Coupe du Monde de football ; comparaison qui ne serait pas choquante si elle ne se substituait pas à la réflexion sur ce fait social total qu'est devenue l'industrie des spectacles sportifs. Industrie dont je veux bien qu'elle possède ses grandeurs spécifiques, et même entretienne quelque rapport au tragique, à défaut d'*équivaloir* Sophocle. Je reviens à la chanson française : dans sa quasi-totalité, c'est une production niaise, faussement littéraire, sous-prévertienne, larmoyante et démagogique. La profession est peuplée de faux rebelles, d'hystériques, d'imbéciles fieffés ; quand elle ne dégouline pas de bons sentiments, elle vend de la haine et du ressentiment au kilomètre. La confusion est telle que, naturellement, les propos qui précèdent passeront pour hostiles au peuple. Je le confesse : je suis hostile à la notion de peuple, ayant pour cette imposture inventée par les bourgeois un mépris total. La chanson dite populaire est une imposture industrielle. Une démocratie (à moins, justement, d'être populaire, c'est-à-dire d'avoir emprunté à la bourgeoisie sa conception du peuple) a besoin de personnes libres et instruites, capables d'apprécier les plus hautes productions de l'esprit et du corps humain à travers le temps et l'espace (et si l'on considère que toute culture est bourgeoise, il faut le dire ; mais il faut alors admettre que, tout en se prétendant de gauche, on souhaite que la production de quelques multinationales et de labels dits indépendants produisent une culture spécifique pour le *peuple* ; voire tant qu'on y est, pour nos fameuses *banlieues*). Et il faudrait avoir tout fait pour développer la culture des Français avant de décider qu'au « peuple » correspondra une culture « populaire » (c'est-à-dire, dans les faits, entièrement marchande et totalement méprisante pour son public). Il me semble que la démocratisation suppose que Shakespeare soit accessible au plus grand nombre ; que parmi ceux-là beaucoup choisissent de ne pas y accéder, pourquoi pas ? Mais je voudrais du moins que le choix leur en ait été offert, et qu'ils ne soient pas condamnés *de facto* à croire qu'un chanteur dépressif et sans voix est un poète au motif qu'il utilise un dictionnaire de rimes.

Que le lecteur de ces lignes me pardonne : j'aime le plaisir simple de proférer des banalités. Il me semble qu'ayant enseigné, depuis quinze ans, dans des établissements *publics* où je me suis dépensé sans compter pour mettre toutes sortes de cultures à la portée de mes élèves et de mes étudiants, il me semble, donc, que cette naïveté a des excuses ; et même, un sens.

Chaptal (Jean-Antoine)

Nous devons beaucoup à Chaptal, qui inventa peu, mais eut le bon goût de se cantonner dans les métiers qui conviennent aux médiocres : il fut ministre de l'Intérieur et professeur. Il donna son nom au sucrage du moût avant fermentation. Une chaptalisation peut intervenir quand le moût n'est pas assez sucré pour garantir un bon cru ; et si l'on condamne tous les excès que la chaptalisation peut engendrer (il ouvre la voie à toutes sortes de trafiquages de vins), on ne voit guère pourquoi on serait intégristement opposé à une opération qui peut, quand elle est pratiquée avec justesse, améliorer le bouquet d'un vin, tout de même.

Charmante

Elle se croit belle. Il est vrai qu'elle s'habille, qu'elle marche, qu'elle parle tout comme si cette beauté était l'objet, depuis sa plus tendre jeunesse, d'une universelle admiration. Et d'abord on y croit presque. Puis on réfléchit. Puis on la regarde, enfin ; et l'on finit par la voir : cette petite poupée sèche, âgée de quarante ans, se maquille comme à vingt, minaude, rit trop fort. On a beau savoir, aussi, que c'est une victime, on peine à s'apitoyer.

Le charme est le nom d'une beauté ignorant sa puissance ; ou bien qui l'exerce, mais sans trop s'y attacher.

Chet Baker chante

Chet Baker place son micro dans le pavillon de sa trompette. Il joue comme il chante, dans un souffle court, mais sans fin. Il ne pousse jamais sa voix. Au contraire, il la descend à ce point où il nous semble qu'elle va se fêler, à s'amenuiser ainsi, à s'évanouir presque. Certains auditeurs le trouvent triste, mais ils se trompent. Chet Baker est mélancolique. S'il n'est pas triste, c'est qu'il joue : des attaques légères, une technique rentrée, qui refuse certaines facilités de la virtuosité ; une mélodie liée, glissant sans effort d'une note à une autre, dans ce *legato* qui paraît si simple à qui n'a jamais joué. Il joue toujours doucement. Il joue toujours assis. Il se drogue souvent, et durement, mais ce n'est pas cela qui l'empêche de tenir debout. S'il se penche si bas vers son instrument, c'est qu'il rêve de disparaître dans son embouchure, de s'abîmer comme dans le delta d'un fleuve, de se noyer dans la musique.

En octobre 1953, il enregistre deux chansons mélancoliques : « The thrill is gone », « I fall in love too easily ». En février 1954, il récidive, avec tout un album où il assure le chant et la trompette, et qui s'intitule simplement : *Chet Baker sings*. Les puristes font la gueule — un trompettiste qui chante —, mais les puristes font toujours la gueule, à talent égal ils préfèrent toujours ceux qui font aussi la gueule, comme Miles Davis. Et les puristes n'ont rien compris, pourtant ce n'est pas compliqué, même si c'est très étrange : si Chet Baker peut prendre un solo à la suite de sa propre voix, c'est qu'il a joué de sa voix elle-même comme d'une trompette, et la réciproque est vraie : la trompette est jouée au plus près des modulations de la voix humaine, de sa suavité. Il souffle sa voix, il fredonne à l'instrument. Parfois, utilisant les possibilités de l'enregistrement en studio, il chante et se double à la trompette ; ou bien c'est l'inverse, on ne sait jamais.

Le 25 novembre 1986 à Paris, le cinéaste français Bertrand Fèvre a filmé Chet Baker, dans un noir et blanc somptueux, beau comme une catastrophe. Chet Baker interprète : « I'm a fool to want you ». Le court métrage dure neuf minutes et demie, et s'intitule *Chet's romance*. C'est l'un des plus beaux films musicaux de tous les temps.

Chiens de paille

Il paraît que dans certains rites chinois antiques, on se servait d'effigies de chiens, que l'on détruisait après usage. Lao-tseu écrit à ce sujet :

Le ciel et la terre sont impitoyables
Ils traitent les hommes comme des chiens de paille.

Une morale minimale consisterait à ne pas ajouter à cette violence du ciel et de la terre, chaque fois qu'on peut l'éviter.

Cimetière de la douceur

Au cimetière de la douceur on trouve : accort, agnelin, amène, bénin, benoît, beurreux, doucereux, doucet, mansuétude, melliflue, onction (mais nous avons gardé onctueux), paterne (qui fut aussi un prénom), sade (le nom reste connu, mais pas son sens), souef, suaveolence et tomenteux. Nous n'avons ajouté, je le crains, que *cool* et *sympa*.

Clémence

La clémence est une vertu antique, puisque le droit de clémence est l'expression d'un pouvoir absolu qui renonce, pour un instant, à sa toute-puissance ; et qui par là manifeste justement qu'il est le maître de lui-même comme des autres ; et qu'il n'est pas l'esclave de ses passions. Les Grecs admiraient beaucoup la clémence ; et les Romains à leur suite. Il en reste quelque chose jusque dans William Shakespeare, qui fait dire à Portia, dans *Le Marchand de Venise* (IV, 1) :

> *La contrainte est étrangère à la clémence*
> *Elle tombe comme la douce pluie du ciel*
> *Sur la terre. Elle est double bénédiction :*
> *Bénissant qui l'accorde comme qui la reçoit.*
> *Elle est puissance des puissances, et sied mieux*
> *Au monarque régnant que sa propre couronne ;*
> *Le sceptre du roi indique son pouvoir temporel,*
> *C'est l'attribut de la majesté redoutable,*
> *Par où les rois sont redoutés et craints ;*
> *Mais la clémence est au-dessus du sceptre,*
> *Elle trône dans le cœur des rois,*
> *Elle est un attribut de Dieu lui-même.*

Vertu suprême du chrétien suprême, telle est la clémence ; dans *Le Marchand de Venise*, cela est accentué par le fait que Shylock, celui qui refuse de l'exercer, est de confession israélite. Dans la France de l'Ancien Régime, Corneille peut encore écrire :

> *La clémence en tous temps, est la plus belle marque*
> *Qui fasse à l'univers connaître un vrai monarque.*

Mais justement : on n'apprend pas sans gêne que dans un régime censément démocratique comme le nôtre, le Président dispose encore un droit d'amnistie, et d'un droit de grâce. Après tout, une démocratie devrait mal s'accommoder d'un privilège aussi nettement régalien. Je plaisante, naturellement : sur ce point comme sur tant d'autres, la France n'est pas véritablement une démocratie. Pourtant, on s'accommoderait bien des amnisties et des grâces, si leur usage faisait honneur à la Ve République, et à ses présidents. On sait que tous, sauf François Mitterrand, laissèrent guillotiner des hommes. Quant à Jacques Chirac, il s'en servit pour maquiller une erreur judiciaire, en hâtant la libération d'Omar Raddad, là où il aurait fallu réviser son procès ; et pour satisfaire la clientèle des conducteurs de voitures automobiles, et de leurs lobbies, en faisant sauter des contraventions.

Et si malgré tout cela nous nous réjouissons des amnisties du 14 Juillet, c'est que nous savons qu'elle permet à des détenus de quitter nos prisons un peu plus tôt ; mais alors la clémence n'a de sens qu'en l'absence de la justice, et de prisons dignes de leur fonction.

Compagnie des eaux

Notre capacité à oublier les implications *positives* de certains progrès techniques est considérable, du moment que ce progrès n'est pas bruyant, spectaculaire. Il est vrai aussi que l'histoire des techniques n'est quasiment pas enseignée dans ce pays. Un exemple entre mille ? — nous avons oublié ce que fut la conquête de l'eau courante : il y a moins de trois siècles, les Parisiens n'en disposaient pas. Il fallait donc aller s'en procurer dans les rares fontaines publiques gratuites ; ou bien la puiser dans la Seine ; ou encore l'acheter. Pour autant les besoins en eau du corps humain n'étaient guère différents des nôtres ; en conséquence de quoi il se buvait au XVIIIᵉ siècle trois fois plus de vin qu'aujourd'hui !

Concept

La philosophie n'est pas étrangère à une certaine violence. Je ne formule pas là une critique à son encontre. L'efficacité de la pensée occidentale tient justement à ce rapport à la violence. Seulement il est permis de douter que l'efficacité soit le seul critère valable pour l'évaluation d'une pensée. Si notre culture, qui plonge ses fondations dans les mondes grec, romain et chrétien, s'est assuré depuis des siècles une sorte de domination planétaire, c'est en grande partie grâce à (ou à cause de) cette puissance conceptuelle. Car les concepts sont des outils (comme l'étymologie l'indique) : ils saisissent dans le réel de quoi s'en assurer la maîtrise. Comme tel, le concept définit un rapport d'ustensilité au monde. La philosophie n'est pas un mode de connaissance désintéressé, ne serait-ce que parce qu'une connaissance suppose, justement un intérêt (le désintéressement, notion suspecte, où se joue une volonté religieuse de domination). À ce compte-là, le rêve d'un philosophe conséquent, au moins jusqu'à Hegel, c'est le Système, la Totalisation. L'œuvre de Hegel exprime à sa façon, en un tournant décisif de l'histoire de l'Europe, une vérité qui le dépasse largement, mais dont il accomplit magistralement la mission (notamment dans sa *Phénoménologie de l'esprit*). La philosophie occidentale a rêvé, en somme, d'en finir avec la philosophie (dans l'oubli de l'éternelle suspension du sens qui faisait le charme puissant de la maïeutique de Socrate, de ces apories qui peut-être lui donnent leur sens le plus profond ; mais il est vrai que Socrate, justement, est moins l'homme d'un système que le héros d'une méthode, et son sage, et l'on sait que le philosophe, ici, est Platon).

On devine qu'à ce compte-là la douceur n'a guère de place dans l'histoire de la philosophie, sauf chez des penseurs très singuliers, comme Vladimir Jankélévitch ou Emmanuel Levinas, dont le rapport à une métaphysique spiritualiste est évident. Le classique *Vocabulaire technique et critique de la philosophie* de Lalande, par exemple, fait de la violence un concept (« emploi illégitime ou du moins illégal de la force ») ; mais il ignore la notion de douceur (ce qui est bien dommage : l'aurait-il définie comme « emploi légitime ou du moins légal de la force » ? — On aurait pu au moins discuter…).

Cependant le monde excède toujours le philosophe, dans les deux sens du verbe excéder : elle le déborde, et l'agace. On peut assurément dire, sans ironie aucune, que le Concept est un formidable outil, le Système une admirable machine de préhension. Mais il reste toujours quelque chose ; ce reliquat peut prendre les formes les plus variées : Jankélévitch les aimait passionnément, le je-ne-sais-quoi et le presque-rien, pour reprendre le titre de l'un de ses ouvrages les plus célèbres. On peut légitimement se demander si ce reliquat essentiel relève de la philosophie. Je dirai plus volontiers de l'art. Tout ce qui dans le monde fut mineur ou le demeure, les enfants, les femmes, les animaux, les peuples dits barbares, et même certains hommes, tout ce qui dans le monde des personnes sérieuses n'a pas de place, les nuages, les fleurs, l'amour, la mer, tous ces petits riens qui nous sont tout : voilà ce avec quoi l'art collabore (même s'il n'en parle pas explicitement ; certains iraient même jusqu'à dire : d'autant plus qu'il n'en parle pas, pour des raisons stratégiques que tout artiste véritable comprendra aisément). C'est également ce qui fait de l'art une activité profondément politique. L'art s'occupe de ce qui reste : reliquaire parfaitement laïc, attentif aux signes de la vie, et jusque dans la mort.

Couple

L'obsession de notre temps pour la sexualité est étrange. Je parle de cette conception qui fait du sexe une sphère séparée et autonome du reste de l'existence, dont nous aurions à problématiser l'exercice, comme nous y invitent les magazines, sous deux espèces : technique (comment faire ?) ; psychologique (pourquoi ? pour quoi ?).

Par ailleurs, et pour la majorité des Occidentaux, le couple n'est pas moins un lieu de tensions considérables qu'il y a deux siècles ; et peut-être davantage, depuis qu'on a formé le

projet singulier d'y introduire un idéal de bonheur sentimental et sexuel. On ne voit guère
comment la problématisation dont je parlais à
l'instant pourrait permettre une vie harmo-
nieuse ; il est vrai qu'il s'agit surtout de vendre
des magazines, et bien d'autres choses.

Quant à l'invention d'un bonheur véritable,
elle se fera comme avant : dans le secret.

Cuisine

La cuisine est l'art des délicatesses, et son
lieu : ici le temps n'apparaît pas comme homo-
gène, non plus que les choses : les opérations de
cuisson, même pour un objet aussi simple qu'un
œuf, en sont un exemple. Couper des courget-
tes de telle façon que la cuisson en soit parfaite,
les surveiller tout au long de l'opération, pendant qu'on s'affaire à autre chose, les tourner
doucement, les mener enfin au point où, tout
en ayant le fondant requis, elles conservent leur
tenue... Artisanat qui mène la nature (à vrai
dire, médiatisée par l'agriculture, déjà impure,
c'est-à-dire aménagée) et la civilisation à une
sorte de compromis dans lequel elles donnent et
le meilleur d'elles-mêmes, et autre chose qu'elles-
mêmes.

Désespoir

Il ne faut pas médire du désespoir : il s'agit après tout, au sens propre, de ne plus attendre ; et donc d'agir. Je dois de l'avoir compris, jadis, à un poème magnifique d'André Breton, qui commence par ces mots : « Je connais le désespoir dans ses grandes lignes », et qui s'intitule « Le verbe être » ; ainsi qu'au plus grand livre jamais écrit dans l'incidence des camps de concentration et d'extermination nazis, *L'Espèce humaine*, de Robert Antelme : « Il n'y a pas d'ambiguïté, nous restons des hommes, nous ne finirons qu'en hommes. La distance qui nous sépare d'une autre espèce reste intacte, elle n'est pas historique. C'est un rêve SS de croire que nous avons pour mission historique de changer d'espèce, et comme cette mutation se fait trop lentement, ils tuent. Non, cette maladie extraordinaire n'est autre chose qu'un moment culminant de l'histoire des hommes. Et cela peut signifier deux choses : d'abord que l'on fait l'épreuve de la solidité de cette espèce, de sa fixité. Ensuite, que la variété des rapports entre les hommes, leur couleur, leurs coutumes, leur formation en classes masquent une vérité qui apparaît ici éclatante, au bord de la nature, à l'approche de nos limites : il n'y a pas des espèces humaines, il y a une espèce humaine. » Je dois à Robert Antelme d'avoir compris que s'il convenait désormais de se défier absolument de l'universel, cela n'autorisait pas, contrairement à ce que toutes sortes de modernes et postmodernes s'étaient empressés de faire, parce qu'au fond ils étaient ravis de ce bon débarras, à se gargariser de conneries apocalyptiques. Je dois à Robert Antelme d'avoir compris qu'un humanisme conséquent est possible, à condition de le penser avec notre temps.

Devise

On connaît la formule de Spinoza : ne pas rire, ne pas juger, comprendre. Dans sa *Vie de Spinoza*, Jean Colerus rapporte ceci : « Pendant qu'il restait au logis, il n'était incommode à personne ; il y passait la meilleure partie de son temps tranquillement dans sa chambre. Lorsqu'il lui arrivait de se trouver fatigué pour s'être trop attaché à ses méditations philosophiques, il descendait pour se délasser, et parlait à ceux du logis de tout ce qui pouvait servir de matière à un entretien ordinaire, même de bagatelles. Il se divertissait aussi quelquefois à fumer une pipe de tabac ; ou bien, lorsqu'il voulait se relâcher l'esprit un peu plus longtemps, il cherchait des araignées qu'il faisait battre ensemble, ou des mouches qu'il jetait dans la toile d'araignée, et regardait ensuite cette bataille avec tant de plaisir, qu'il éclatait quelquefois de rire. » On aurait tort, je crois, de prendre ce rire de Spinoza pour une cruauté. Je propose plutôt de le rapprocher de cette remarque de Marc Aurèle, au livre III de ses *Pensées* : « Et si l'on se passionnait pour les êtres de l'univers, si on en avait une intelligence plus profonde, il n'est sans doute nul d'entre eux, même de ceux qui sont les conséquences des autres, qui ne paraîtrait une agréable créature ; on regarderait avec plaisir les gueules béantes des bêtes féroces et tout ce que nous font voir les peintres et les sculpteurs dans l'image qu'ils nous en donnent ; même chez les vieux et les vieilles, on pourra voir une certaine perfection, une beauté, comme on verra la grâce enfantine, si on a les yeux d'un sage. » Marc Aurèle ajoute aussitôt, dans un salutaire accès de bon sens : « Tout le monde n'arrivera que rarement à en être persuadé, mais seulement celui qui a une affinité véritable avec la nature et avec ses œuvres. » Cette affinité n'est pas la chose du monde la mieux partagée (même, je le crains, chez les philosophes). En revanche, cette équanimité, qui est tout le contraire de l'indifférence, tout le contraire d'un détachement, c'est dans les grands romans qu'on peut la chercher.

Dolci

L'Italie semble donner raison à ceux qui tiennent la douceur pour une régression. On y appelle en effet *dolci* les desserts ; et le *tiramisu*, malgré ses efforts onomastiques désespérés pour avoir l'air violent, cumule les onctueux effets du sucre, du mascarpone, des œufs, du cacao et du café. Cette cuisine matriarcale, la plus douce du monde peut-être, n'offre guère à la dent de résistance. Mais dans le fondant de la pâte et de ses sauces, dans le velouté du minestrone, dans la variété des crèmes glacées, le parfum des huiles d'olive, que de raffinements simples !

Douceur d'un vers français

Anne par jeu me jeta de la neige.

(Clément Marot)

Doudou

Dans les cultures où la séparation d'avec la mère est précoce et assez brutale, les enfants organisent un rituel pour déjouer leurs angoisses ; rituel que cristallise un objet : le doudou. Il s'agit là, nous disent les spécialistes, d'une phase assez brève. Cependant, je me demande si un certain nombre de nos rituels d'adultes, selon des modalités d'élaboration nettement plus sophistiquées, ne cachent pas un même désir d'introduire, dans la brutalité de notre environnement vital, un ensemble de douceurs : je songe évidemment à la lecture, à la musique, à tous les arts ; mais aussi à toutes sortes d'objets techniques. On insiste souvent sur la violence induite par l'usage des objets techniques ; on oublie que, puisqu'ils économisent l'énergie de l'homme, elle le dispense d'être lui-même un outil. Ceux qui ont eu la chance, comme moi, d'avoir travaillé dans des champs où l'on fauchait et liait à la main savent ce que peut signifier l'expression : révolution du tracteur. Rien n'interdit donc de considérer les objets, techniques ou non, que nous inventons, comme des moyens d'introduire de la douceur dans le désordre de ce monde ; tout autant — puisque la guerre comme on sait est un facteur de progrès technique — qu'un opérateur de mort (selon la vision la plus répandue de l'objet technique, celle qu'illustre Stanley Kubrick dans *2001 : l'Odyssée de l'espace*, quand un anthropoïde ramasse un os et s'en sert pour fracasser un crâne).

Doux prince

On s'explique facilement comment Hamlet a pu passer pour un héros de l'irrésolution. Mais cette irrésolution est une activité, si je puis dire : voilà un homme qui fait courageusement face à un fantôme ; qui tend un piège à un roi fratricide ; qui se débarrasse de deux courtisans en échappant à un piège mortel ; et qui se livre pour finir à un combat terrible. On me dira qu'Hamlet tergiverse ; on a tort de ne retenir, de l'ensemble de ses monologues délibératifs qu'une proposition ontologique célébrissime, mais à dire vrai banale. Et puis réfléchir, c'est bien la moindre des choses à faire quand le temps lui-même est « hors de ses gonds », et qu'on se trouve être celui que le Destin charge « de le remettre d'aplomb ». À votre grand dam. Quand l'univers entier est remis en cause, s'agiter comme le fait Polonius, faire en somme comme si de rien n'était comme Rosencrantz et Guildenstern, voilà bien la véritable irrésolution criminelle. Hamlet est un héros de l'action parce qu'il est le seul à tirer les conséquences de la crise du monde où il vit ; il sait qu'un meurtre ne suffira pas à restaurer quoi que ce soit. Il meurt dans une sorte de résignation stoïque, donc active.

Drogues

Beaucoup d'adversaires des drogues à l'évidence ne supportent pas l'idée qu'un plaisir soit facile ; et se délectent morbidement à l'idée des châtiments que la dépendance, qu'ils rêvent comme une sorte de justice immanente, fera s'abattre sur la tête des toxicomanes (ce sont les mêmes qui s'opposent à la méthadone). Je serais bien curieux d'ailleurs de vivre assez longtemps pour voir l'invention d'une drogue non toxique : ce sera intéressant à tous points de vue (l'essayer, par exemple ; ou analyser les commentaires autorisés qu'elle suscitera de la part des médecins, des prêtres, etc.).

Enfance

Les douceurs sont des forces : un enfant sait cela. Souffler la graine des pissenlits. Caresser un caneton. Embrasser la petite fille de ses rêves. Porter un poisson rouge gagné dans une fête foraine. Goûter. Vivre ravit, chavire. Non qu'il faille identifier l'enfance à la douceur : cet âge a ses rustauds, ses brutes insensibles, et pour tout dire ses cons. La douceur ne devient jamais minoritaire ; elle l'est, si je puis dire, constitutionnellement. Il suffit pour s'en convaincre d'observer une cour de récréation, dans une école maternelle. Elle est déjà traversée par toutes les forces qui triompheront dans le champ social global : la veulerie, la grégarité, la méchanceté s'y donnent carrière. Ici comme ailleurs, la faiblesse des forts triomphe. Claire Simon a pris la peine d'aller y voir, et de près, armée d'une petite caméra numérique. Elle en a ramené un fabuleux documentaire : cela s'appelle *Récréations*. Tout y est, y compris une citation de Spinoza, qu'on entend en guise de prologue. La voici : « L'impuissance de l'homme à gouverner et à contenir ses sentiments, je l'appelle servitude. En effet, l'homme soumis aux sentiments ne dépend pas de lui-même, mais de la fortune, dont le pouvoir sur lui est tel qu'il est souvent contraint de faire le pire, même s'il voit le meilleur. » Un matérialiste conséquent ne se lamentera donc pas plus du comportement des hommes qu'il ne s'en réjouira ; mais il existe peu de matérialistes entièrement conséquents.

Enfants de Frédéric

Selon le chroniqueur franciscain Salimbene de Adam, la curiosité de l'empereur Frédéric II de Hohenstaufen était universelle. Il voulut donc un jour connaître la langue primitive des hommes. Mais comment s'y prendre ? Frédéric commanda qu'on se procurât des enfants à l'instant de leur naissance, qu'on les retirât à leurs parents, qu'on les confiât à des nourrices ayant pour mission de s'occuper parfaitement d'eux, de les baigner, de les alimenter, de les bercer ; mais ce, sans jamais leur adresser la parole. Les jours passaient, le mystère demeurait entier : parleraient-ils le vieil hébreu, le grec, le latin ? Ou plus simplement la langue de leurs géniteurs ? Ou encore une langue inconnue, primitive, inouïe ? L'expérience de Frédéric II de Hohenstaufen ne permit pas de le déterminer : tous ces enfants moururent. Le langage nous enveloppe, nous met au monde, tout à la fois nous le donne et nous en protège.

Éponge

Redisons-le, après d'autres, puisque la banalité mérite une place dans un éloge de la douceur : un écrivain, en tant que tel, est une sorte d'éponge informe, molle et fade. Qu'il ait, par ailleurs, des opinions, une personnalité, une culture, de l'intelligence, après tout, pourquoi pas ? Mais ce n'est pas ce qui détermine son travail.

Exécution de La Douceur

Charles Crépy, dit La Douceur, fut un jour l'objet d'un arrêt de la Cour du Parlement collationné par Massieu et signé par Lecousturier. Et qui disait ceci :

« Vu par la Cour le procès criminel fait par le Lieutenant Criminel du Bailliage d'Orléans, à la requête du Substitut du Procureur Général du Roi audit Siège, demandeur et accusateur, contre Charles Goupy, dit Paul ou La Douceur, lequel a dit en la Cour s'appeler Charles Crépy, (ci-devant condamné, sous ce dernier nom, au fouet, à la marque et aux Galères à perpétuité, par arrêt du 22 juin 1779), défendeur et accusé, prisonnier *ès* prisons de la Conciergerie du Palais à Paris, et appelant de la Sentence rendue sur ledit procès le 3 mars 1781, par lequel il a été ordonné qu'il ferait plus amplement informé contre Charles Goupy dit La Douceur pendant un an, pendant lequel temps il garderait prison. Conclusions du Procureur Général du Roy, lequel, comme de nouvel venu à sa connaissance, a requis d'être reçu appelant *a minima* de ladite Sentence. Ouï et interrogé en la Cour ledit Charles Crépy sur les causes d'appel et faits résultant du procès : Tout considéré.

La Cour [...] condamne ledit Charles Crépy à être pendu et étranglé jusqu'à ce que mort s'ensuive, par l'Exécuteur de la Haute-Justice, à une potence qui, pour cet effet, sera plantée dans la Place publique du Martroy de la ville d'Orléans ; déclare tous les biens dudit Charles Crépy acquis et confisqués au Roi, ou à qui il appartiendra, sur iceux préalablement pris la somme de deux cents livres d'amende envers ledit Seigneur Roi, au cas que confiscation n'ait pas lieu à son profit. Ordonne qu'à la requête du Procureur Général du Roi, le présent Arrêt sera imprimé, publié et affiché, tant dans la ville d'Orléans et lieux circonvoisins, que dans la ville, faubourg et banlieue de Paris, et partout où besoin fera ; et, pour le faire mettre à exécution, renvoie ledit Charles Crépy prisonnier par-devant le Lieutenant Criminel dudit Bailliage d'Orléans. Fait en Parlement le seize mars mille sept cent quatre-vingt-un. »

Fadeur

J'aime qu'un savant m'apprenne que dans une lointaine culture (la chinoise) la fadeur fasse l'objet d'une certaine valorisation culturelle ; notamment parmi les taoïstes. Le peintre Ni Zan, écrit François Jullien, « a quasiment peint le même paysage toute sa vie ». Après une vie bien remplie (comme on dit bêtement ; cette existence, Ni Zan la jugeait par trop encombrée), il s'éloigne de ses anciennes habitudes ; mais ce détachement n'est pas un renoncement ascétique : « Disponible, sans attache fixe, voguant au gré de flots calmes, voyageant d'ami en ami, il évolue dans un monde délivré de toute insistance et, par là même, offert sans fin à la rencontre, à la jouissance. » Cette dérive de Ni Zan m'enchante. Ce n'est pas seulement pour le plaisir équivoque de l'exotisme. C'est qu'il me plaît d'abord de toucher du doigt l'arbitraire de mes catégories de pensée, de sentir, de percevoir. Et si c'est encore un exotisme de la fadeur, alors il faut y voir une « esthétique de la sensation du divers », comme nous y invite le poète Victor Segalen. C'est qu'ensuite, à bien y réfléchir, je me prends à repérer dans ma propre culture, et donc à considérer avec un intérêt renouvelé, toutes sortes de choses. Ce sera, en cuisine, la tétine (mamelle de vache que l'on peut cuisiner en tranches ; mais dont la faible saveur appelle un condiment pour en exhausser le goût : ail, persil, sel, poivre ; j'en mangeais, enfant). Je me souviens aussi de l'hostie de la messe : on comprend bien que l'Église soit restée attachée à la tradition du pain azyme ; mais à l'enfant que je fus il paraissait étrange de goûter le corps du Christ (j'eusse fait en d'autres temps un schismatique acceptable) ; d'autant plus que ce corps était bien fade ; en même temps, et puisqu'il s'agissait de l'absorber avec componction, cette texture inhabituelle facilitait la chose. Dans le monde alimentaire de mon enfance, seules des friandises appelées soucoupes volantes lui ressemblaient ; mais les marchands du temple de la consommation, eux, remplissaient ces soucoupes d'une poudre à la fois sucrée et légèrement astringente, pour compenser.

Au reste, je suis bien certain que la fadeur de Dieu est un concept qui se défend, théologiquement.

Faiblesse

De la douceur à la faiblesse, la différence est évidemment la disparition de la fermeté ; ce n'est pas une question de degré.

Faire l'amour

Godard, jadis : on dit faire l'amour, c'est bien qu'il y a une notion de travail. L'amour est une douceur violente, comme l'espérance. Un

oxymore, quand la passion est un simple pa-
roxysme.

Fatigue

Avoir travaillé tout le jour, sortir au soir tom-
bant : que ma joie demeure.

Femmes

Le mythe de la douceur féminine est un vieux
piège du sexisme. Ce que la pitié, en amour, est
aux hommes (voir à ce sujet un terrible roman
de Stefan Zweig : *La Pitié dangereuse*). C'est le
piège le plus efficace : n'importe quel misogyne
sait exploiter cette donnée sociale ; et tout bon
psychopathe peut séduire en affectant une certaine douceur, et d'ailleurs torturer et violer
doucement sa victime, parce que c'est plus
amusant. Plus banalement, cette idéologie dou-
ceâtre, mais puissante, facilite toutes sortes
d'exploitations des femmes, sur leurs lieux de
travail et dans leurs vies privées.

Par ailleurs, cela ne condamne en rien la douceur elle-même ; seulement le modèle qui pré-

tend l'imposer comme modèle ; et, comme son corrélat, un idéal de rigidité virile. Ne nous laissons pas abuser sur ce point par quelques changements superficiels, tels que la présence de produits de beauté destinés aux hommes dans les supermarchés.

Film sexuel

On ne sait trop comment appeler les films pornos. D'où le titre ridicule de cette rubrique. Chaque nom qu'on leur donne est déjà un discours sur le genre : même l'appellation de « film X », apparemment neutre, renvoie à une classification. « Film sexuel » conviendrait ; mais justement cette expression, par son exactitude, manque tous les enjeux de l'existence du porno. Or, au-delà de toutes les réserves qu'on peut avoir sur le contenu et la qualité des films sexuels, on peut chercher à en dire quelque chose qui soit, tout simplement, *nuancé*. Par exemple ceci : le film sexuel suppose que la sexualité est une activité séparable de tout le reste de l'existence ; et simultanément démontre, le plus souvent à son corps défendant, que cela n'est pas possible (mais ce paradoxe n'est pas propre au film sexuel : il est le propre de la sexualité, il me semble).

Prenons le problème, si j'ose dire, par un autre bout : celui de la violence des films sexuels (je me limite ici au porno hétéro dominant). En fait, cette violence n'est pas tant sexuelle (à moins de considérer que l'amour peut se faire sans la moindre espèce de violence, ce qui serait curieux) que sociale. On reproche au film sexuel de transformer les femmes en objets ; à vrai dire, il réifie également les hommes.

Maintenant si l'on considère le porno comme projection d'un univers fantasmatique, il devient étrange de lui reprocher ses outrances ; la taille des organes génitaux des protagonistes mâles, sujet de méditation mélancolique pour une partie non négligeable des spectateurs, peut être considérée comme une convention du récit, au même titre que la lance d'un chevalier du Graal (c'est une image).

Et puis, après tout : quel usage fait-on de ces films ? Vraiment, il se trouve des cinéphiles pour les regarder, intégralement, les bras croisés (c'est une image) ?

Fin de la violence

Nous n'en finirons pas avec la violence, sans doute parce qu'elle répond à une nécessité fondamentale, anthropologique ; pour autant, la

question est de savoir dans quelles formes déri-
vatives nous pourrions investir les forces que
nous investissons, d'ordinaire, dans les guerres
et dans l'oppression des autres êtres humains, et
ce, sans préjudice pour les questions socio-économiques et politiques, qui existent dans leur
plan propre.

Flaveur

La sensation ne nous arrive jamais pure, ou
si rarement. On sait que la dégustation d'un vin
ou d'un plat implique toujours plus d'un sens.
La vue n'y est jamais étrangère ; et je recom-
mande l'expérience étonnante qui consiste à
goûter à l'aveugle toutes sortes de plats. Le toucher non plus (par l'entremise des couverts) ;
l'ouïe même, parfois (le crissement du couteau
sur un pain légèrement grillé, et que l'on
beurre). Pour désigner cela les gastronomes
pourraient user d'un vieux mot français : fla-
veur ; qui inspira *flavour*, la saveur anglaise. Les
œnologues s'en servent déjà pour désigner la
combinaison des sensations procurées par notre
langue, avec celles qui atteignent notre nez, par
l'arrière-bouche.

Forme du présent livre

L'avantage de l'abécédaire est d'être entièrement arbitraire. En cela il soustrait son contenu au sérieux d'une logique univoque. Il fallait bien qu'un livre consacré à la douceur présentât quelques courbes ; et, comme disent les mécaniciens, du jeu.

Gauche

Certes, la gauche est historiquement liée à la lutte, à la violence. Pourtant, ce n'est pas, si j'ose dire, sa violence propre, mais celle des réalités socio-économiques. La gauche implique une douceur, mais qui est à établir, à construire, à défendre contre toutes les violences des états de fait. Mais cela engendre une difficulté redoutable pour elle : une attitude féministe, par exemple, court toujours le risque de paraître engendrer de la violence, alors qu'elle ne fait que la révéler.

Gaudí (Antonio)

Gaudí est l'un des architectes les plus singuliers de tous les temps. Il fut constamment inventif, sans idolâtrer jamais l'invention ; tout ce qui est le plus suspect dans une certaine modernité architecturale : sa violence fantastique, sa haine de la sensualité, de la courbe, et pour tout dire du plaisant ; tout cela lui est totalement étranger. Il ne copie pas, comme on dit parfois, des formes végétales ou animales ; il s'en inspire, au sens presque physique du terme. D'où l'impression étrange d'un art profondément naturel, et pourtant relevant d'une géométrie subtile de paraboles et de coniques, dont la maison Battló, à Barcelone, est un exemple splendide.

Gaulois

« J'ai de mes ancêtres gaulois l'œil bleu-blanc, la cervelle étroite, et la maladresse dans la lutte », écrit Rimbaud. Il ajoute aussitôt : « Je suis de race inférieure de toute éternité. »

Gendarmes couchés

Le surnom est un peu cruel, mais l'objet m'enchante : ce sont ces dos-d'âne qu'on place dans les rues de nos villes, à proximité des écoles par exemple, afin que l'automobiliste distrait, ou trop con pour respecter des enfants, soit forcé de ralentir ; mais sans recours à une répression brutale.

Habitudes

L'habitude est une dépendance, mais elle permet un aménagement léger du réel : si je bois un café avant tout rendez-vous dans un endroit que je ne connais pas, que j'y lis mon journal du matin, je l'acclimate, je lui donne un sens ; en un mot : je l'adoucis. Que par ailleurs des frottements routiniers, dans la conjugalité par exemple, puissent irriter, rien de plus vrai, rien de plus banal ; mais les habitudes d'un couple ont leurs charmes (préparer le déjeuner, pour celui qui se lève le premier, par exemple). Dans les tapageuses déclarations de prétendue indépendance de couples qui font profession d'être socialement avancés, on devine le plus souvent une soumission veule à une conception de la liberté fort aliénante : mieux vaut conserver ses forces pour l'exercice de la liberté.

Haïku

La brièveté en poésie n'est pas tant le signe d'une modestie que celui d'un orgueil : il s'agit de parler peu, mais de dire l'essentiel : soit, en l'espèce, non le général, mais le singulier ; et ce qui, dans le singulier, frémit universellement. D'où, chez les poètes japonais de la forme brève, l'importance des petits animaux, des insectes, des fleurs : signe indubitable d'une folie éminemment sympathique, et raisonnée, des grandeurs.

Hodges (Johnny)

John Coltrane admirait passionnément Johnny « Rabbit » Hodges (1906-1970). Son style fut en son temps le plus élégant des ponts jetés entre le passé du jazz et son avenir, entre Bechet et

Parker. Sur les photos posées il ne se livre pas. Johnny Hodges joue du saxophone alto de l'air le plus détaché ; mais il en tire les sons les plus sensuels, les plus veloutés. Soliste impérial, il a joué pour les autres toute sa vie, ou presque ; la plupart du temps, dans l'orchestre de Duke Ellington.

Au début de l'année 1970, Duke Ellington compose un « Portrait de Sidney Bechet », avec l'idée de demander à Hodges de jouer la partie du saxophone soprano. Johnny Hodges hésite, il a cessé de jouer du soprano vingt ans auparavant, il fait dire à Ellington que ça lui coûtera cher ; Ellington répond : « Payez-le tout ce qu'il veut. » Hodges n'a gardé qu'un seul soprano chez lui. C'est celui que son idole, Sidney Bechet, lui a offert après qu'il eut pris quelques cours avec lui, en 1924. Le 11 mai 1970 Johnny Hodges meurt, sans avoir eu le temps d'enregistrer le « Portrait de Sidney Bechet ».

Hokusai (Katsushika)

Dans sa préface à ses *Cent vues du Fuji-Yama*, Hokusai écrit : « Depuis l'âge de six ans, j'avais la manie de dessiner la forme des objets. Vers l'âge de cinquante ans, j'avais publié une infinité de dessins, mais tout ce que j'ai produit avant l'âge de soixante-dix ans ne vaut pas la peine d'être compté. C'est à l'âge de soixante-treize ans que j'ai compris à peu près la structure de la nature vraie, des animaux, des herbes, des oiseaux, des poissons et des insectes. — Par conséquent, à l'âge de quatre-vingts ans j'aurais encore fait plus de progrès ; à quatre-vingt-dix ans, je pénétrerai le mystère des choses ; à cent ans, je serai décidément parvenu à un degré de merveille, et quand j'aurai cent dix ans, chez moi, soit un point, soit une ligne, tout sera vivant. » Il a soixante-quinze ans quand il écrit cela. Il en avait quatre-vingt-neuf quand il mourut en 1849. Il appelait ses œuvres — il en réalisa plus de trente mille — des *mangas* ; ce qui signifie : dessins de piètre qualité.

Homosexualité

Je comprends mal qu'on ne s'intéresse pas à l'homosexualité. Après tout le phénomène est extraordinairement nouveau : non pas, évidemment, les activités sexuelles mettant en action deux personnes (au moins) du même sexe ; mais l'idée de les appeler des « homosexuels », dénomination qui suppose toute une conception, toute une civilisation de la « sexualité » ; les mondes grec et romain, faut-il le rappeler, ne connurent pas d'homosexualité au sens où nous l'entendons.

Les homosexualités, donc, ont, depuis cent cinquante ans, retravaillé toutes les identités sexuelles ; et celle qui s'en est trouvée, à mon sens, la plus nettement modifiée, est l'identité masculine, puisqu'elle a été critiquée — je ne dis pas : dénigrée — de l'extérieur (luttes féministes, par exemple), aussi bien que de l'intérieur (par les militants homosexuels masculins).

La pluralisation de l'identité masculine affecte l'ensemble des hommes, qu'ils le veuillent ou non. Avec un peu de recul historique, le changement est évident : par exemple un certain nombre de comportements « efféminés » sont devenus acceptables pour un homme ; de même que s'est élargie la gamme des activités socialement admissibles pour une femme.

Il faut se souvenir également que, si incroyable que cela puisse paraître, l'invention du terme *homosexuel* a précédé celle d'*hétérosexuel* ; l'invention de l'homosexualité sert beaucoup moins à définir et à justifier les pratiques entre personnes du même sexe qu'à renforcer une norme désormais définie comme hétéro. Le terme de *gay*, désormais courant, constituant une réaction à cet enfermement sexuel ; mais on remarquera qu'il reste centré sur l'identité masculine (le mot « lesbien » n'a pas la même diffusion ; et j'entends des jeunes gens dire d'une fille qu'elle est *gay*).

Actuellement, se joue autour de la notion d'homoparentalité une redistribution des forces intéressante : car si la notion s'impose légalement, elle désignera l'hétéroparentalité comme une formation historiquement singulière ; ce qu'elle est.

Or nous avons tous intérêt à cette pluralisation des identités : cela revient à augmenter les possibilités de vie qui nous sont offertes. C'est pour cette raison qu'il faut soutenir les luttes pour l'homoparentalité ; et non pas, ou pas seulement, en fonction d'un principe abstrait de tolérance ou de liberté.

Incarnation

Je tiens l'incarnation pour l'invention la plus remarquable du christianisme : c'est elle qui ouvre, dans cette religion, la possibilité de l'athéisme ; en ce sens, et en ce sens seulement, on peut défendre l'idée d'une supériorité de cette croyance monothéiste sur bien de ses concurrentes : elle est programmée pour finir.

Incorporels

Certains esprits se délectent de paradoxes tels que celui-ci : si j'achète un vélo et qu'en dix ans de temps je remplace, de loin en loin, chacune des pièces qui le composent, ai-je changé de vélo ? Il faut méditer sur le devenir doux des choses : que signifie grandir, ou verdir, ou mourir ?

Intempéries

Nos climat tempérés sont une bénédiction, puisqu'ils déterminent la finesse des terroirs de France, de Lombardie ou de Catalogne. Il faut vraiment être con pour rêver qu'il fasse toujours beau. Une obscénité en vogue consiste à se réjouir du réchauffement climatique, parce que c'est plus pratique pour boire un verre en terrasse, et pour profiter des réductions de son temps de travail.

Intensités

Il existe des violences propres à la douceur. Puisqu'elles nous emportent, appelons-les des ravissements. Cet enfant qui s'agrippe à notre jambe ; sa main dans la nôtre, guidant sa marche hésitante ; le duvet léger de son cou ; les petits plis de ses mollets. Ce sont des exemples.

Jardins

Un jardin à la française exprime une sorte de cartésianisme spontané : l'homme s'y trouve « comme maître et possesseur de la Nature » ; et non, n'en déplaise aux heideggériens, « maître et possesseur » : tout, ici, est dans le *comme*. L'usager s'y promène, à la rigueur y prend un siège ; il ne batifole pas sur les pelouses. Dans les beaux jardins démocratiques de Gilles Clément, en revanche, au parc André-Citroën, dans les jardins de Bercy, on a heureusement prévu que le peuple pouvait s'asseoir dans l'herbe. Tout jardin exprime une politique, tout rapport au jardin détermine une éthique : « Et n'oubliez pas le jardin, je vous prie, le jardin aux grilles dorées.

Et entourez-vous d'hommes qui soient comme un jardin, ou comme une musique sur l'eau quand le soir tombe et que le jour n'est plus qu'un souvenir. Choisissez la *bonne* solitude, la solitude libre, capricieuse et légère, celle qui vous accorde aussi le droit de rester bons en quelque manière » (Nietzsche, *Par-delà bien et mal*, 25).

Je vous aime

Une fausse conception de l'égalité, qui l'assimile à l'identité, montrant par là sa profonde méconnaissance de ce qu'est une forme, veut la disparition du vouvoiement. Les plus ardents partisans de la liberté sommeront de se justifier le malheureux assez téméraire pour vouvoyer en leur présence qui il aime ; et leurs sourires lui prouveront combien une telle fantaisie est injustifiable.

Journal télévisé

« Il est doux, quand la mer est soulevée par les vents, d'assister du rivage à la détresse d'autrui ;

non qu'on trouve si grand plaisir à regarder souffrir ; mais on se plaît à voir quels maux vous épargnent. Il est doux aussi d'assister aux grandes luttes de la guerre, de suivre les batailles rangées dans les plaines, sans prendre sa part du danger » (Lucrèce, *De la nature des choses*).

La Fontaine (Jean de)

C'est comme par hasard La Fontaine, l'un de nos meilleurs connaisseurs de la brutalité de l'arbitraire des forts et de la cruauté des hommes, qui est le plus insistant avocat de la douceur. En témoigne bien sûr « Le Chêne et le Roseau », « Le Lion et le Rat ». Mais aussi « Phébus et Borée », dont la morale passa en proverbe :

Plus fait douceur que violence.

Douceur que non content de prôner il pratique : La Fontaine est aussi, et surtout, le plus subtil, le plus intelligent, le plus souple versificateur de toute la langue française.

Langage

Une des impressions les plus fausses que peut donner le langage est celle de sa permanence. Car d'une part il ne cesse de se modifier ; d'autre part il peut me donner l'illusion que je saisis le monde tel qu'il est, alors qu'il me donne sur lui une vue très partielle. Si je lis, par exemple, que les Grecs du temps de Platon affectionnaient de boire du vin, je me représente un breuvage que je connais ; or les Grecs buvaient, sous ce nom-là, une mixture dont je doute fort qu'elle aurait ravi nos palais ; par exemple on sait qu'ils le coupaient avec de l'eau, et qu'ils utilisaient pour cela celle de la mer, souvent. Ne parlons pas des vins des Égyptiens, ou de ceux des hommes du Moyen Âge : nous en ignorons presque tout (quels cépages, quels modes de vinification, quelles conditions de conservation). Cette règle s'applique évidemment à tous les mots et devrait nous inspirer une prudente attention à l'égard des autres civilisations, d'un autre temps ou du nôtre : une politesse historique, en quelque sorte.

Lecture

Il faut, nous dit Barthes, lire Sade selon un principe de délicatesse. À vrai dire, c'est toujours ainsi qu'il faut lire. La lecture est la plus subtile, la plus tendre, la plus raffinée, la plus raffinante de toutes les activités. C'est aussi celle qui exclut l'ensemble du champ social immédiat, ou m'exclut de lui. Je ne dis pas : qui exclut l'autre, puisque la lecture est la rencontre différée d'une altérité irréductible, qu'il s'agisse de l'univers d'un romancier chinois ou d'un poète portugais, si lointain et pourtant contemporain ; celui d'une épopée mésopotamienne ou d'une tragédie élisabéthaine. Toute œuvre est un autre monde possible ; elle supporte mal le bruit du monde, mais nous conduit à le mieux entendre.

Comme la masturbation à laquelle on l'a souvent comparé, ce plaisir solitaire est une source de joies renouvelables, et une activité socialement stérile, du moins en apparence : irrécupérable. D'où, je suppose, l'acharnement de notre temps à la rendre de moins en moins possible. On me dira que jamais les Occidentaux n'eurent à leur disposition autant de livres, et c'est vrai, mais la misère peut parfaitement s'organiser dans l'abondance, du moment que l'on produit des individus qui ne sont pas seulement à peine capables de déchiffrer un ouvrage, mais qui n'en ont même plus le désir. Dans ce domaine et dans bien d'autres, la servitude volontaire est entrée dans une phase nouvelle : désormais l'esclave semble désirer spontanément son esclavage. Les éducateurs nationaux proposent désormais, avec un bel ensemble, de considérer les œuvres littéraires comme des systèmes de communication qui transmettent un message ; quelque chose comme un slogan, mais que les artistes (bourgeois, évidemment) ont la fantaisie de compliquer : conception débile, mais jugée propre à la formation des bataillons pédagogiques. Cet écrasement de toutes les subtilités de l'art est le plus sûr symptôme de l'échec de la démocratisation de la culture.

Maladie

On a bien tort de considérer les artistes comme des névrosés, des inadaptés, des sociopathes ; après tout, d'innombrables individus absolument dénués de la moindre espèce de talent possèdent au plus haut degré ces caractéristiques. Alors quoi ? Certains pensent que les artistes sont des médecins, non des malades. Il me semble plutôt que ce sont des maladies —

d'où leur éclatante santé — et le risque que courent ceux qui s'obstinent à les fréquenter.

Maman, papa

On dit que la plupart des enfants commencent par dire maman plutôt que papa. C'est une source d'enchantements faciles pour les mères de famille, et de généralisations grandioses pour les psychologues. Les phonéticiens, eux, nous expliquent que l'appareil phonatoire du nourrisson rend les M plus facilement prononçables que les P.

Maradona (Diego)

Diego Maradona n'aimait pas lacer ses chaussures pour jouer au football : cela le gênait pour sentir le ballon. À neuf ans il jouait si bien que le recruteur chargé de l'évaluer se crut victime d'une farce ou d'une escroquerie, et lui demanda s'il n'était pas un nain. Dans un match opposant l'Argentine à l'Angleterre, le 22 juin 1986, Maradona a marqué le but le plus remarquable de toute l'histoire de son sport, en partant de la ligne médiane et en évitant une demi-douzaine d'adversaires, avec une facilité presque étrange, alentie (un autre joueur, employé du club de football de Barcelone vient récemment, au printemps de l'année 2007, de marquer un but analogue ; mais c'était contre une équipe faible).

Médecine

L'un des plus appréciables progrès de la médecine est qu'elle a cessé de considérer la douleur comme le signe d'une efficacité de ses remèdes, ou comme la marque d'une rébellion virile du corps triomphant d'un mal. Il y a bien assez dans la nature de sources de souffrance pour que nous en rajoutions. On peut à ce sujet supposer que l'expression « accouchement sans douleur », pour désigner certains accouchements assistés, est une forme d'humour noir médical.

On nous dit que certaines douleurs ont leur utilité. Ce n'est pas tout à fait faux : elles préviennent l'organisme d'un danger. Mais parfois elle manque à l'appel là où elle serait fort utile : des spécialistes ont observé que quand nous ressentons la soif, il est toujours trop tard pour notre organisme. C'est à se demander si la Providence existe.

Médiocrité

Notre temps a oublié le sens de ce mot qui signifia longtemps : moyen. On n'entend donc pas sans surprise des cohortes de professeurs se plaindre d'avoir des élèves médiocres. Car on ne voit pas bien ce que les élèves pourraient être, dans un groupe un tant soit peu important et aléatoirement constitué tel qu'une classe, sinon moyens ; et puis, ce n'est déjà pas si mal. Mais la dramaturgie scolaire semble appeler des situations extrêmes, tout en les abhorrant : celle de l'excellent élève (qui doit désormais, dans beaucoup d'établissements, tacher de se dissimuler s'il ne veut pas subir l'ostracisme), aussi bien que celle du « nul » (terme terrible, surtout si l'intéressé se croit obligé de le reprendre à son compte). La médiocrité est un phénomène normal dans les sociétés démocratiques ; on sait que les lycées qui ne contiennent pas d'élèves médiocres sont ceux qui s'en débarrassent, au mépris de toute égalité de droit. Je veux bien qu'on s'en désole, si c'est pour réfléchir à une autre société, dans laquelle les singularités ne seraient pas rapportées à un classement de ce type. Sinon, les plaintes concernant la médiocrité me paraissent aussi suspectes que ce merveilleux fantasme de la *classe qui participe* ; songeons en effet que si les trente-cinq élèves d'une classe participaient (terme étrange, puisqu'il désigne en fait la seule prise de parole, et non, par exemple, l'écoute, qui est également une participation) pendant un cours qui dure cinquante minutes, la possibilité d'enseigner à ces personnes quoi que ce soit se trouverait considérablement réduite (mais c'est peut-être ce dont rêve l'idéologie jeuniste de la participation...). C'est donc par une sagesse immanente, dont on devrait leur savoir gré, que la plupart des jeunes gens de nos établissements d'éducation s'abstiennent généralement de tout commentaire pendant leur scolarité.

Mineur

Je me souviens vaguement de Gilles Deleuze disant un jour quelque part que la majorité, c'est ce qui exclut tout le monde. Je pourrais vérifier, c'est dans son *Abécédaire* peut-être ; mais j'ai la flemme ; s'il ne l'a pas dit, il aurait pu ; et cela me suffit.

Modestie

Dans la chanson dite d'amour se dissimule souvent une demande proprement exorbitante, mais que l'auteur (et/ou l'amoureux) présente comme une sorte de minimum syndical, comme une petite formalité. Tel chanteur proclame ainsi qu'il veut seulement « qu'on l'aime tel qu'il est ». Et c'est au refrain, en plus. Vraiment, rien que ça ?

Mort

Les consolations de la religion, s'agissant de la mort, sont odieuses. Diderot en invente une, pour le compte de l'athéisme, qui me paraît recevable. C'est dans une lettre à Sophie Volland du mois d'octobre 1759 : « Ô ma Sophie, il me resterait donc un espoir de vous toucher, de vous sentir, de vous aimer, de vous chercher, de m'unir, de me confondre avec vous, quand nous ne serons plus. S'il y avait dans nos principes une loi d'affinité, s'il nous était réservé de composer un être commun ; si je devais dans la suite des siècles refaire un tout avec vous ; si les molécules de votre amant dissous venaient à s'agiter, à se mouvoir et à rechercher les vôtres éparses dans la nature ! Laissez-moi cette chimère. Elle m'est douce. Elle m'assurerait l'éternité en vous et avec vous... »

Mou

Sous nos latitudes, la mollesse n'a pas bonne presse. Sexuellement, elle passe pour un désastre : le Viagra se vend bien ; non seulement, disent les spécialistes de ce marché, aux hommes sur l'âge anxieux à l'idée de bander mou, mais à toutes sortes de jeunes stakhanovistes du corps caverneux, à la recherche de l'immarcescible érection qui comblera leur narcissisme éperdu ; et à qui je souhaite, ici, charitablement, bien du plaisir. Physiquement, le mou a cessé de plaire. De moins en moins de dames prendront pour un compliment une remarque sur la mollesse de leurs chairs ; seuls les enfants, sous la figure du potelé, ont droit encore à la mollesse ; mais gageons que ça ne va pas durer, sauf si c'est pour vendre du papier hygiénique, ou de l'eau en bouteille.

Muqueuses

Ces zones incertaines qui ne sont ni dehors ni dedans, dont la finesse est le garant de nos jouissances !

Napoléon

Que Napoléon soit la synthèse de ce que l'Ancien Régime eut de pire avec ce que le nouveau allait fournir de plus terrible, on peut en trouver la preuve dans son rapport à la clémence. Napoléon voulut évidemment disposer du droit de clémence, qui en France était attaché à la monarchie de droit divin. Mais l'usage qu'il en fit montre qu'il n'en comprenait pas la grandeur aristocratique.

Le 12 octobre 1809 à Schönbrunn, un étudiant nommé Friedrich Staps est arrêté avant même d'avoir pu mettre à exécution son projet d'assassiner Napoléon : on le remarque, on le ceinture, on lui retire son grand couteau de cuisine. Friedrich est un patriote exalté, âgé d'à peine dix-huit ans : il veut débarrasser son pays de l'envahisseur. Napoléon cherche à toutes forces à nier l'acte du jeune homme : il ne veut pas donner des idées à d'autres. Il demande à Corvisart, son médecin, d'examiner Staps ; Corvisart s'exécute mais refuse de le déclarer fou. Le jour même de son arrestation, Napoléon en personne interroge l'étudiant : « Mais enfin, si je vous fais grâce, m'en saurez-vous gré ? » Staps répond : « Je ne vous en tuerai pas moins. »

Ensuite Napoléon le fait condamner pour espionnage, ce qui revient à le dépouiller de son attentat même ; et fusiller, à tout hasard.

Négativité

L'académisme de l'avant-garde s'est trouvé une justification : la négativité. Sous cette notion qui eut ses lettres de noblesse philosophiques et para-philosophiques, on peut fourguer tout le négatif, tout le dolorisme, tout le ressentiment que l'on veut. Des œuvres inabouties, confuses, contradictoires, tristes et laides ? Mais non, voyons : c'est le *travail du négatif*.

Nicolette

Le véritable héros du récit médiéval intitulé *Aucassin et Nicolette*, c'est incontestablement

Nicolette. Le -ette ici n'étant pas ici un diminutif, mais la marque de la singularité de l'héroïne : la belle et rusée Nicolette s'évade de sa prison sans attendre le secours du moindre chevalier, tandis que ce benêt d'Aucassin se lamente sur la situation. *Aucassin et Nicolette* appartient à un genre littéraire particulier, celui de la chantefable, qui mêle prose et poésie. De tous ceux que compte la littérature française, la chantefable est mon genre préféré : *Aucassin et Nicolette* est le seul exemple qui nous en soit parvenu.

Noces

Durant les temps préhistoriques certains artistes tiraient parti des formes rocheuses existantes : un arrondi pouvait figurer la croupe d'un bison, une arête, le profil d'un cerf. J'aime ces inventions-là, presque japonaises, qui complètent, en l'épousant, le travail de la nature, qui accomplissent et qui affirment.

Non-violence

Le terme de non-violence est évidemment une invention des adversaires de la non-violence : il est négatif. Et pourtant nous peinons à en trouver un autre (« désobéissance civile » a ses lettres de noblesse, mais tout de même il faudrait trouver mieux ; « résistance passive » est inexact, comme le signalait Gandhi). Or la non-violence est activité, inventivité. Si nous gardons cette appellation négative, c'est qu'elle exprime une vérité profonde : la société dicte ses lois mais feint de les découvrir dans ce qu'elle nomme le « réel », les « faits ». Celui qui est assez puissant pour se détacher de cette imposture passera toujours pour celui qui refuse, qui nie — alors même qu'il est dans l'affirmation. On dira de quelqu'un qui choisit les transports en commun, son vélo ou ses jambes, qu'il refuse son temps. Le rouet de Gandhi n'est pas tant un refus des produits anglais qu'une préférence pour un artisanat susceptible d'assurer l'autonomie d'un pays largement rural. Qu'une manifestation pacifique soit mitraillée, comme ce fut le cas le 13 avril 1919 à Amritsar, et la non-violence gandhienne démontre son efficacité en faisant brutalement apparaître la violence de l'institution coloniale britannique : 379 morts, 1 200 blessés.

Nouvel (Jean)

Comment construire une tour qui échappe à la fatalité désolante du parallélépipède de verre, de béton et d'acier ? La société Agbar commande son siège social. La scène est à Barcelone. Un architecte remporte le concours, il se nomme Jean Nouvel.

Jean Nouvel définit souvent l'architecture comme la pétrification d'un moment de culture. Pour lui il n'est d'architecture que spécifique, à savoir : adaptée au lieu où on l'a construite, respectueuse de l'héritage local ou national. Mais s'inspirer du passé suppose, non son imitation, mais une compréhension intime des principes de son invention : si les architectures régionalistes et néo-classiques sont parfaitement hideuses, c'est parce qu'elles singent sans fraîcheur leurs modèles. Sous couvert d'hommage, on insulte le passé. Au mieux, on atteint un degré de banalité supportable ; raison, sans doute, pour laquelle il plaît tant aux élus ; au pire, des sommets de vulgarité boursouflée : pensons, par exemple, aux œuvres complètes de Ricardo Bofill, dont un spécimen putassier néo-classique tapine, sans grand succès, derrière la gare Montparnasse. Inversement la modernité, à supposer qu'on veuille maintenir ce terme pompeux et d'un autre âge, ne consiste pas forcément à rompre avec tout contexte (*fuck context*, selon le mot célèbre d'un architecte pour architectes).

Pour construire la tour Agbar, quels contextes convient-il d'intégrer ? Nouvel retient l'essentiel : l'identité méditerranéenne et catalane, le rôle capital que l'œuvre d'Antonio Gaudí joue dans la forme architecturale de Barcelone. Il faut que l'architecture rime à quelque chose, et par conséquent à tout cela. La tour sera donc coiffée d'un pinacle inspiré par la Sagrada Familia ; elle sera recouverte de centaines de panneaux colorés, à la fois hommage aux céramiques de Gaudí et sorte de peau protégeant des rigueurs du climat méditerranéen. Ainsi, l'architecture de Nouvel n'est pas seulement traversée du rêve d'une identité clairement affirmée qui ne soit pas une insulte à l'environnement, entendu dans son sens le plus large ; elle est ce rêve réalisé dans ce monde-ci, qui définit le bâtiment comme un dialogue entre ses fonctions et son site. Une autre belle réussite de Nouvel, en ce sens, est l'Institut du monde arabe, qui accomplit l'exploit d'affirmer un style sans dépareiller, par exemple, l'île Saint-Louis ; les propriétés réfléchissantes de la surface en alignement sur la rue y sont pour quelque chose : on reflète, mais doucement — à la fois on laisse transparaître l'intérieur, à la fois on se fond dans l'extérieur (loin des façades miroirs qui renvoient tout violemment). Il semble que Nouvel tienne là une sorte de constante morale : la façade de la fondation Cartier, celle de l'Institut du monde arabe, celle du musée des Arts premiers, ont été conçues dans cet esprit ; dans le premier cas, elle offre le jardin au regard des passants tout en respectant la règle de l'alignement : une grande surface vitrée, le bâtiment est en retrait. Cette sorte de modestie n'exclut pas chez lui la grandeur, même au sens propre : la tour Agbar domine de ses 142 mètres un quartier relativement bas, et ne cherche pas à se faire oublier. Si Nouvel imagine une architecture infinie, ce n'est pas (ou pas seulement) par goût de la grandeur ; c'est en cherchant à gommer certains contours. Dans cette perspective il avait naguère proposé, pour le quartier de La Défense, près de Paris, un projet de tour sans fin : les deux extrémités du bâtiment étaient conçues pour disparaître, l'une dans le sol, l'autre dans le ciel. La tour Agbar hérite de cette œuvre qui ne fut jamais réalisée : on peut varier la coloration de ses panneaux, de telle sorte que le pinacle s'évanouisse en plein ciel ; tandis que la base de la tour adopte, pour s'y fondre, le rouge brique qui domine le quartier avoisinant.

Nuages

Les nuages sont impensables. Incommensurables. On peut raisonnablement estimer qu'il ne s'en est pas trouvé deux pour être identiques depuis la formation de l'atmosphère terrestre. En ce sens, ils sont une parfaite image du monde.

Nudisme

En tant que tel le nudisme, dont les formes instituées vont du fondamentalisme écologiste jusqu'à l'échangisme de plage, ne possède guère qu'un seul aspect désolant : la présence du -isme. Mais la pratique de la nudité elle-même possède ses charmes. Elle est traversée par le rêve engageant d'une sensualité généralisée à l'ensemble du corps ; jusqu'à ce que le monde se rappelle naturellement à notre souvenir, sous la forme d'un buisson d'orties ou d'un coin de table.

Optimisme

La douceur est invincible.

(Marc-Aurèle)

Panenka (Antonín)

Le 20 juin 1976, dans le stade de l'Étoile Rouge de Belgrade, eut lieu une partie de football entre la République fédérale d'Allemagne et la Tchécoslovaquie, durant laquelle un dénommé Antonín Panenka se trouva opposé au gardien Sepp Maier, dans la séance de tirs au but destinée à départager les deux équipes. Dans de tels coups de pied de pénalité, tout ce qui reste à faire au gardien est de se précipiter d'un côté, dans l'espoir de rencontrer le ballon. Sepp Maier plongea intuitivement à gauche, mais Antonín Panenka frappa très doucement le ballon, du cou-de-pied, lui faisant suivre une trajectoire paraboloïde qui le mena au centre des filets de l'infortuné Maier. Panenka venait d'inventer, du moins de rendre publique, la figure qui depuis porte son nom.

Les circonstances de ce geste appellent un commentaire : Panenka exécutait là ce qui pouvait être, s'il réussissait, le dernier tir du Championnat d'Europe de l'année 1976. La première panenka supposait donc une certaine audace ; d'aucuns diront, une présomption démente : car il était permis au gardien de but de sentir qu'on avait voulu l'insulter, ce faisant ; et l'échec du tireur aurait pu coûter le titre de champion d'Europe à son équipe, à une époque où la Tchécoslovaquie n'avait jamais remporté le moindre titre international.

Dans la mesure où l'auteur d'une panenka parie sur le plongeon latéral du gardien, il s'expose à deux dangers : le tir au-dessus de la transversale (à bien y réfléchir, on peut supposer que personne ne peut s'entraîner à tirer des panenkas, ce qui rend le geste moins fiable) ; le gardien chanceux qui, fataliste ou facétieux, ne bouge pas et arrête une panenka d'une main négligente (on en a vu un qui, ayant plongé à droite, eut le temps de se relever et de s'en aller intercepter ce tir mou !) ridiculise profondément son adversaire qui peut très bien passer le reste de sa carrière à se mordre les doigts de n'avoir pas choisi, comme tout le monde, une bonne vieille frappe de mule.

Un tel geste suppose un orgueil immense : il se trouva certainement, lors de la dernière Coupe du monde de football, des experts pour noter que l'utilisation d'une panenka par Zinedine Zidane, contre un gardien qui ne

méritait pas une telle insulte, manifestait le dé-
règlement de son jeu, bien avant son expulsion
pour une brutalité caractérisée.

Parents

Si l'on entend bien les témoignages de ceux
qui connurent une enfance idyllique, c'est une
chance que de naître de parents insignifiants :
aucun modèle à dépasser ou à accomplir ; rien
qui ne vous détourne d'effectuer, tranquillement, l'ensemble de vos puissances.

Paresses

Si je m'accorde avec nos moralistes pour voir
dans la paresse une horrible tare, il me semble
que de passer au pluriel elle change nettement
de sens. Les petites paresses qui prennent les
plus grands travailleurs sont le signe de leur
capacité à jouer de leur puissance pour la détourner de toute utilité immédiate. On devait
travailler, on décide qu'on ne fera rien ; on dé-
croche, comme disent les militaires. On se rat-

trapera demain ; la culpabilité est une passion triste, qui ne doit en aucun cas être encouragée.

Passivité

On appelle passivité, dans l'ordre sexuel, l'activité qui consiste à se faire pénétrer ; ce qui est curieux. Les patients en cette affaire ayant plutôt tendance, pour autant que je consulte ici mes plus agréables souvenirs, à s'agiter avec ardeur ; il est vrai qu'on peut aussi trouver très piquant le choix de la passivité ; mais c'est alors un acte.

Personnalité

Ce qu'on appelle de nos jours une forte personnalité est fréquemment un individu de sexe masculin, con bruyant et péremptoire, capable de résumer sa position en trois points à la fin d'une conversation, ou de rouler en 4×4 à Paris. Nous avons bien du mal à considérer l'apparition de femmes du même genre comme le signe d'un progrès des mœurs ; mais nous avons tort, sans doute.

Plaisir

Dans l'injonction qui nous est faite par la société marchande de désirer, et de chercher à satisfaire nos désirs, il faut entendre ce que l'étymologie nous apprend : désirer, c'est regretter l'absence de quelque chose. En ce sens le désir est bien différent de la jouissance, et du plaisir : une fantastique fabrique de frustrations, de frénésies stupides dont il faut bien comprendre que le ressentiment est le fond. Notre temps ne réprime pas le désir, il l'encourage en tant que frustration permanente ; la jouissance, elle, n'a pas si bonne presse ; le plaisir, n'en parlons pas. Aller dire, dans un dîner, qu'on jouit de son métier d'enseignant, ne déclenche jamais, si étrange que cela puisse paraître, un enthousiasme véritable : on commence par vous interroger sur l'endroit où vous enseignez ; ne seriez-vous pas titulaire d'une sinécure quelconque, ou à mi-temps ? Non ? C'est que vous travaillez dans un *très bon* lycée ? Non plus ? On vous regarde avec suspicion. On se venge de vous en vous contant par le menu à quels abrutis l'on s'est soi-même trouvé exposé, durant sa scolarité. Vous êtes suspect, puisque vous êtes content : voilà le scandale.

Pleats Please Issey Miyake

Issey Miyake a pris la décision de concevoir (il préfère se définir comme designer que comme couturier) des vêtements en 1968, alors qu'il se trouvait à Paris. Il a toujours rêvé de faire des vêtements que tout le monde puisse porter, et tout le monde peut les porter. Que tout le monde ne les porte pas, pour des raisons économiques ou en raison d'un sous-développement esthétique personnel, c'est une autre question, qui ne concerne pas l'inventeur. De la même façon un romancier écrit toujours pour tout le monde : que dix, dix mille ou seulement cent mille personnes puissent le lire est certes déplorable : mais cela porte une condamnation de la société où nous vivons, non des inventeurs.

Issey Miyake est à peu près le contraire d'un « artiste ». Couturier, il ne manifeste pas l'exubérance plus ou moins cocaïnée qui caractérise le milieu de connards prétentieux et misogynes auxquels, le plus souvent, on confie en Occident la réalisation des vêtements des dames. C'est en 1993 que commença la commercialisation en série de la ligne Pleats, aboutissement de recherches commencées en 1988. Loin de rompre violemment avec les règles de son métier, Miyake les subvertit avec intelligence : au lieu de travailler un tissu préalablement plié, il coupe et monte un vêtement deux ou trois fois trop grand, qu'il place ensuite dans une presse puissante. L'extraordinaire beauté de ses vêtements plissés, légers, confortables, infroissables, séchant vite, peu volumineux, est un poème à la gloire des femmes. Et chose admirable, je me plais à le répéter : on peut les porter.

Poésie

N'importe quel individu qui, chaque jour de sa vie, consacrerait ne serait-ce que vingt minutes à lire de la poésie, c'est-à-dire à la pratiquer, s'en trouverait profondément changé, et libéré. D'où l'intérêt de notre société à détourner qui que ce soit de cette activité.

Politesse

« [...] Il n'y a pas deux hommes qui se ressemblent ; et la diversité des caractères, des tendances, des habitudes acquises l'accentue à mesure qu'un plus grand nombre de générations humaines se superposent les unes aux autres, à mesure aussi que la civilisation croissante divise davantage le travail social et cantonne chacun de nous dans les limites de plus en plus étroites de ce qu'on appelle un métier ou une profession. Cette diversité infinie des habitudes et des dispositions morales doit être considérée comme un bienfait, puisqu'elle est le résultat nécessaire d'un progrès accompli par la société, mais elle n'est pas sans inconvénient. Et le fait que nous nous comprenons moins dans les petites choses, que nous nous sentons dépaysés quand nous sortons de nos occupations habituelles ; en un mot, cette division du travail social, qui resserre l'union des hommes sur tous les points importants en les rendant solidaires les uns des autres, risque de compromettre les relations mondaines, qui devraient pourtant être le luxe et l'agrément de la vie civilisée. Il semble donc que la puissance de contracter des habitudes durables, appropriées aux circonstances où l'on se trouve et à la place qu'on prétend occuper dans le monde, appelle à sa suite une autre faculté de renoncer pour un instant, quand le besoin s'en fait sentir, aux habitudes qu'on a contractées ou même aux dispositions naturelles qu'on a su développer en soi, la faculté de se mettre à la place des autres, de s'intéresser à leurs occupations, de penser leurs pensées, de revivre leur vie en un mot, et de s'oublier soi-même. En cela consiste surtout la politesse mondaine, laquelle n'est pas autre chose à mon avis qu'une espèce de plasticité morale » (Henri Bergson, *Extrait d'un discours prononcé le 5 août 1885, à la remise des prix du lycée de Clermont-Ferrand*).

Pornographie de la douceur

On peut appeler pornographes de la douceur tous ceux qui donnent l'illusion aux malheureux privés d'elle qu'ils pourront vivre la douceur sans s'arracher violemment à toutes sortes d'aliénations. Cette pornographie-là peut atteindre des sommets insoupçonnables pour le néophyte. L'un des représentants les plus répugnants de cette tendance peut écrire par exemple : « La tendresse n'a pas d'âge, pas de sexe, pas de race. » Voilà une proposition qui pourrait inspirer, spontanément, une certaine sympathie ; mais il se trouve que nous vivons dans un monde où les âges, les sexes et les races existent. En somme définir ainsi la tendresse revient à lui dénier toute existence réelle. Non, la tendresse ne peut pas, magiquement, faire abstraction du réel, sauf à rester un fantasme idéaliste voué à l'insatisfaction. Cette frustration-là, le pornographe de la douceur doit l'entretenir, s'il veut qu'on achète ses livres. C'est pourquoi il écrit des choses de ce genre (je jure solennellement que je n'invente rien) : « La tendresse, c'est apprendre à conjuguer le verbe *Toi*. Un verbe très rare, qu'il convient de chuchoter avec respect. C'est le seul verbe relationnel qu'il faut conjuguer avec le verbe "aimer" toujours au présent : Tu es aimé(e). »

Précision

Le Centre interprofessionnel de documentation et d'information laitières (Cidil) a consacré l'un de ses *Cahiers de la qualité* à la question du goût, « pour échanger avec les autres sur un produit alimentaire, faire part de nos perceptions, traduire nos sensations ». Selon cet ouvrage, « le terme "doux" est à éviter dans le vocabulaire descriptif car il a inévitablement une connotation **hédonique** : il traduit à la fois une **saveur** (mal définie) et un plaisir, voire même une **texture** ».

De fait le mot « doux » a des contours irréguliers. Mais cette synesthésie fait tout son prix.

Préludes

La beauté du prélude, chez les plus grands auteurs (Fauré, Debussy), est que justement il ne prélude à rien, se suffit à lui-même : c'est une forme brève, qui ne s'impose pas à l'oreille, mais propose ses finesses, ses hésitations, ses nuances, inépuisablement. Comme le nocturne, le prélude est essai, expérience, jeu intellectuel et sensible.

Prénatal

On voudrait nous faire croire à l'insouciance de l'enfant dans le ventre maternel. Elle est imaginable, dans le cas de ce que nous appelons l'embryon. C'est-à-dire, en se référant à la définition implicitement donnée par notre loi pour l'avortement, un être de moins de 60 jours. À l'âge de un mois, cet être mesure moins de 5 millimètres, et son équipement perceptif est fort réduit. Les chantres de la douceur prénatale nous vantent les mérites de la vie végétative : mais qu'est-ce qu'une douceur qui n'est pas perçue ? Tant qu'il n'entend pas, tant qu'il ne sent rien (les papilles gustatives ne sont pas formées avant quatre mois), tant qu'il ne voit pas, l'être humain peut bien être au paradis : s'il ne le sait pas, c'est qu'il n'y est pas. Sur ce point, la morale de la fable biblique est terrible : ceux qui vivent au Paradis ne le savent pas ; et quand ils l'apprennent, c'est fini.

À partir du moment où l'homme est homme, la douceur ne peut être que le résultat d'un équilibre délicat : le cœur du fœtus bat à 80 pulsations par minute, mais il peut monter à 200 ; les toxines absorbées par sa mère peuvent traverser le placenta (la nicotine, par exemple). La symbiose, ici comme ailleurs, est une situation assez terrible et violente : l'enfant est exposé aux aléas des humeurs, du comportement de celle qui le porte, et peut naître à cause de cela assujetti au crack ou à l'alcool ; et peut être angoissé, dépressif. Il y a peu de chances pour que notre goût pour la douceur témoigne d'une nostalgie à l'égard des eaux tièdes du liquide amniotique, au sein duquel nous avons mené une vie assez agitée. La véritable douceur de vivre se conquiert après notre naissance, et pendant tout le reste de notre existence.

Quant au fameux traumatisme de la naissance, il provient pour l'essentiel des claques que l'on nous administre, geste notoirement inutile d'un point de vue médical, car il n'a jamais hâté le passage à la respiration aérienne. Par ces claques, la société nous signale seulement qu'il existe des êtres dont la seule joie consiste à faire souffrir les autres.

Pur

Voilà bien un concept dont on devrait se méfier, mais qui semble bénéficier d'un crédit considérable. Or, tout ce qui vit *compose*. Les purs authentiques, car il y en a, se suicident dans leur jeune âge : c'est la seule perfection qui se puisse atteindre. Le malheur est qu'elle est vide. Pour le reste, on voit de faux artistes jouer à la pureté ; mais ils sont d'une stérilité admirable. C'est la vieille histoire du renard qui, ne pouvant atteindre les raisins, déclare qu'ils sont pour lui trop verts. La confusion, fréquente chez ces individus-là, entre le compromis et les compromissions vise seulement à masquer cette misère.

Ralenti

Ce n'est pas le sport qui est la passion mondiale, mais le spectacle du sport. La preuve en est que les pays les plus sportifs, au sens courant du terme, donc — croyants, mais non pratiquants — sont ceux où l'obésité triomphe. Quant au succès de Canal +, naguère, il ne tint pas seulement à ce que cette entreprise proposait du football et des films pornographiques (même si les premiers détracteurs de la chaîne, finement, proposaient qu'on supprimât dans son nom l'inutile « c »). Le secret de Canal +, ce fut aussi et surtout une mise en scène particulière du football, incomparablement plus riche que celle des concurrents, l'œuvre de Jean-Paul Jaud, réalisateur des grands directs sportifs de la chaîne : qualité des commentateurs, de la prise de son, pléthore de caméras. Cette dramatisation est essentielle à ce sport en apparence assez rudimentaire, mais que tout le monde peut avoir l'illusion de comprendre ; simplicité que matérialise parfaitement la rotondité du ballon, à l'opposé de l'aristocratique ballon ovale, qui ne pourra jamais drainer les mêmes foules, à moins qu'il ne change ses règles et son style de façon radicale.

Dans cette mise en scène, les effets spéciaux jouent un rôle non négligeable, et notamment le ralenti. Cette technique peut en quelques instants placer un joueur au banc d'infamie, pour un vilain geste ; ou à l'inverse, magnifier étrangement le geste technique pur. Paradoxalement, le ralenti témoigne de notre adoration pour cette étrange divinité : la vitesse. L'une des images les plus célébrées de toute l'histoire du football montre le Brésilien Pelé effacer par une feinte de corps un gardien de but, et se mettre en position de tir au prix d'un prodige dérisoire et superbe : aller plus vite que son adversaire en effectuant un trajet deux fois plus long. C'est l'une des grandes euphories de la télévision que de proposer des intensités rejouables à l'instant. L'*instant replay* est l'aspect le plus chorégraphique du spectacle sportif, sa plus grande beauté pour le profane. Le plus curieux étant que certains athlètes de génie semblent, à vitesse réelle, affectés d'une espèce de lenteur étrange, qui tient à leur élégance, à leur économie de mouvements (dans le championnat professionnel de basket américain, Michael « Air » Jordan incarna à la perfection, dans les années 80, cette capacité-là, dont son aptitude à se maintenir dans les airs, qui lui valut son surnom, n'était que la manifestation la plus spectaculaire).

Rapports

Il y a un casanovisme qui procède d'une gourmandise joyeuse, d'une curiosité bienveillante à l'égard de toutes les conditions, de tous les sexes, de toutes les situations. Rien d'étonnant à ce qu'une telle joie n'intéresse pas notre société, qui préfère le triste, le métaphysique Don Juan ; comme elle est fascinée par l'échangisme, qui n'est neuf fois sur dix que le pauvre marché de la misère sexuelle mâle.

Quant à être fidèle, après tout pourquoi pas ? Il existe des êtres pluriels, qui méritent amplement qu'on le soit.

Réalisme

L'inquiétant, dans le réalisme actuel (du cinéma, du roman français), ce n'est pas la volonté de figurer le réel, dont on ne peut que se féliciter (encore qu'il faudrait mettre le mot « réalité » au pluriel), c'est ce préjugé incroyablement tenace selon lequel une œuvre est d'autant plus forte et critique qu'elle se range aux côtés de la tristesse et de la mesquinerie, du sordide et du raté. La bienveillance, la santé et la créativité semblent dans cette perspective irrémédiablement compromises. En ce sens, loin d'être en lutte contre notre temps, ces œuvres pseudo-réalistes lui correspondent parfaitement parce que, comme lui, elles prêtent leur pauvreté au monde.

Reliques

On dit qu'à l'origine du genre pictural de la nature morte, on trouve les *emblemata*, ces reliefs de repas que les Romains figuraient sur leurs céramiques, comme les signes d'une vie riche et heureuse. De fait, l'art recueille ce qui reste, et sauve les apparences ; toute œuvre se fait, même secrètement, reliquaire ; et dans les plus belles natures mortes hollandaises, la célébration de la magnificence des choses coexiste avec une conscience aiguë de leur caractère éphémère.

Révélateur

On peut juger une institution, et la société dont elle émane, par la place qu'elle réserve à la douceur. On se demandera par exemple : comment logeons-nous nos enfants ? Si je m'en tiens à ma ville, le nombre de crèches qui ne sont rien d'autre, d'un point de vue architectural, que d'immondes petites verrues grisâtres ; la laideur invraisemblable de nos établissements scolaires, la tristesse de leurs cantines, de leurs salles de cours, de détente (?)

ou d'étude (?), l'absence en leur sein d'isolation phonique et thermique digne de ce nom : tout cela se passe de commentaires. Le plus dramatique, c'est qu'on sent que ce n'est pas (seulement) une question de budget. On déplore, non sans raison, les dégradations que les élèves font subir au mobilier scolaire ; mais on pourrait aussi s'étonner que peu de lycéens, somme toute, choisissent de mettre le feu aux baraquements scolaires où on les parque.

Riboulet (Pierre)

Pierre Riboulet est chargé de construire un hôpital. Avant toute chose, il médite longuement ses conditions. D'abord le terrain où il doit s'élever : ses servitudes, les impossibilités qu'il dessine, les avantages qu'il offre. Tirer le meilleur parti de la topographie, plutôt que la nier : épouser le terrain, même si la noce n'est pas joyeuse, car ce terrain comporte une église hideuse, et qu'on ne peut raser ; il faut trouver le moyen de minorer cette présence, de l'indurer dans le projet, de la neutraliser, autant qu'il est possible. Dans la conception de cet hôpital : affronter la violence du lieu (des enfants malades y viendront, y mourront) de toutes les forces du possible ; faire avec le terrible. Pierre Riboulet dit : « Il faudrait entrer dans l'hôpital comme on passe dans une rue, où il y a beaucoup de choses à regarder, ou l'on peut aller et venir sans obligation, courir et rêver. » Il ajoute : « Il ne faut pas faire là un édifice. »

Il se trouve malheureusement bien des architectes pour faire des édifices, comme certains romanciers font de la littérature. C'est même l'engeance la plus prospère. Une conception imbécile et grandiloquente du monde préside à leur vision ; laquelle trouve sa meilleure incarnation dans les maquettes ; là, leurs fantasmes minables de *créateurs* peuvent se donner libre cours. La Bibliothèque de France, à Paris, en est un exemple révoltant, avec son esplanade hostile et mesquine ; seul endroit de Paris, à ma connaissance, où l'on ait eu l'idée merveilleuse d'enfermer la végétation dans des cages de métal, qui la cachent à peu près entièrement.

Rose

Paul Claudel : *pas mes épines qui me défendent dit la Rose c'est mon parfum.*

Rousseau (Jean-Jacques)

Comme dit Michel Serres, Jean-Jacques Rousseau a inauguré le règne du petit : ma petite fontaine du Héron, ma petite femme, etc. Mais il sait bien que c'est aussi sa grandeur.

Sac à dos

Je n'ignore pas qu'il s'est imposé en raison de sa praticité, de l'influence du sport sur les modes de vie, de sa polyvalence (ville/campagne, loisir/travail, etc.). Cependant le sac à dos exprime son époque d'une autre façon : dans les rames et les couloirs du métro, dans la rue, ses usagers très régulièrement heurtent les autres, faute d'estimer la place qu'occupe cet appendice de leur personne. Bref, un nombre grandissant d'individus négligent de s'interroger sur leur *encombrement*.

Scat

Le scat, cette façon de moduler des sons pour remplacer les paroles d'une chanson, est peut-être une technique aussi vieille que le jazz. En 1957, Ella Fitzgerald s'exclame, dans « Oh Lady Be Good », au milieu de l'un de ses plus beaux scats : « Je ne sais pas où je vais mais j'y vais, j'y vais ». Tout le scat est là, dans cet allant, dans cette jubilation des puissances de la voix, dans ce pur plaisir revendiqué de la phonation articulée (on ne chante pas en « yaourt »), mais affranchie du sens. Le scat est l'élégance même de la liberté, et la maîtrise nonchalante d'une Sarah Vaughan, par exemple, se résume en un mot : tenue. Parfois l'artiste invite le public à s'essayer à cet art : l'exemple le plus connu est la performance de Cab Calloway, alors âgé de soixante-treize ans, dans le film des *Blues Brothers*. Mais ce genre de joutes gaiement agonistiques procure au public d'autant plus de plaisir qu'il sait pertinemment qu'il en sortira défait, et admiratif.

Séduction

On évoque souvent l'étymologie de « séduire » : *se ducere*, c'est détourner, amener à soi. Et les zélateurs de la séduction de se réjouir, les détracteurs de déplorer (ah, les détournements de mineurs !). Mais en séduisant le séducteur ne se détourne pas moins qu'il ne détourne. Non que cela condamne cette activité : on peut vouloir par la séduction s'éloigner de soi, ne serait-ce que pour se délasser, comme on se sert d'un autre divertissement. Enfin on se souviendra également que le *ducere* rattache la séduction à *dux*, le chef. Séduire est une affaire de pouvoir, et le pouvoir est une relation qui engage celui qui l'exerce comme celui qui le subit. Mais exercer et subir sont des termes impropres : Don Juan est séduit par la séduction, il n'est donc pas plus libre que ses « victimes », qui ne le sont pas moins que lui.

S'endormir

Le plaisir de s'enfoncer dans les eaux noires du rêve, croyant qu'on en reviendra toujours.

Service des Messages Succincts

Les SMS ont fait l'objet de critiques virulentes (leur débilité supposée, leur graphie hétérodoxe). Mais ce peut être une façon charmante de communiquer : après tout, ils succèdent aux mots doux, aux billets, aux télégrammes. En envoyant un tel message, on sait qu'on ne dérangera pas l'autre, puisqu'il lui suffit de fermer son téléphone pour en différer la réception. Le SMS ne commande pas impérieusement une réponse, mais il l'appelle. Il suppose un art de la légèreté : que demander de plus ?

Sexes

Naguère une artiste, vivant des variations de ce marché fermé et hautement spéculatif qu'on nomme l'art contemporain, pensant peut-être s'assurer là une célébrité que ne justifiait pas tout à fait son talent, exposa une photographie d'un sexe masculin en érection, en l'intitulant : *L'Origine de la guerre*. La référence au célèbre tableau de Courbet, dont elle reproduisait à peu près la mise en scène, nous invitait à la réflexion. Mais je me méfie des œuvres qui se contentent de m'inviter à la réflexion. Il me semble qu'en la matière l'œuvre d'art elle-même devrait commencer par donner l'exemple. Dans le cas présent, et sous couvert de féminisme, on cherche à nous fourguer la bonne vieille mythologie d'une Nature essentiellement féminine, donc bonne et douce (le masculin, lui, méchant, pas gentil, vilain). Cette bêtise de l'allégorie nous renvoie à l'aspect littéral de l'œuvre : la photographie en question nimbait le sexe masculin d'une certaine douceur, en fait. Et l'on se prend à songer que, même animé des intentions les plus agressives, le sexe masculin reste doux au toucher (ne parlons même pas des couilles, qu'on appelait au Moyen Âge les *doulcettes*).

Et quand on pense, par ailleurs, que l'œuvre susnommée de Courbet passe pour brutale (observez les réactions de la plupart des visiteurs du musée d'Orsay), parce qu'il représente frontalement un sexe féminin ! Il me semble que ce qui fait scandale chez Courbet, c'est justement la précision et la tendresse qu'il a mise à représenter ce qui lui semblait être l'origine du monde.

Silence

Rechercher la compagnie des êtres avec qui l'on peut se permettre de ne pas parler, y compris pour converser avec eux.

Soleils couchants

Ce sont les poètes et les peintres qui nous ont appris à goûter la mélancolie des soleils couchants, Hugo et Poussin, Verlaine et Le Lorrain. Le réel est le fruit de l'invention.

Sourire

Selon Erasmus Darwin, grand-père de Charles, l'origine du sourire doit être cherchée dans la détente du sphincter de la bouche après la tétée. On peut également supposer que le nourrisson, pour peu qu'il ne soit pas trop disgracieux, et puisque les adultes ne cessent de lui sourire, leur rend tout simplement la pareille (certains parviennent même, devenus adultes, à maintenir cet usage jusque dans des conditions extrêmes tels que les transports en commun dans les sociétés de masse, par exemple). Le mimétisme étant ici l'ancêtre de la politesse, comme il est celui de la violence.

Sport

Il est tout à fait étrange de déclamer contre la violence du sport (je parle ici aussi bien de la pratique du sport que de son spectacle). Le sport est un fait social total, et comme tel il engage des phénomènes physiques, psychologiques, économiques variés, dans lesquels toutes sortes d'énergies circulent. Réduire ces questions à celle de la violence est notoirement insuffisant. Pourquoi ne pas considérer les stades comme des lieux où l'on dépense son énergie, où l'on satisfait son désir de violence dans des rituels somme toute assez peu coûteux, socialement parlant : les footballeurs après tout frappent plus souvent le ballon que leurs camarades de jeu ; et si l'on rapporte les violences commises dans les stades en Europe, chaque fin de semaine, au nombre des matchs joués, je suis certain que les boîtes de nuit, par exemple, sont beaucoup plus létales.

Quant à la pratique du sport par les amateurs, elle n'est pas du même ordre que l'industrie du spectacle sportif (même si celle-ci se nourrit de celle-là, la parasite). Il faut rappeler ici que la première occurrence notable, dans notre culture moderne, de la chose sport, figure dans *Gargantua*, au moment où le héros reçoit une éducation moderne et adaptée à la nature humaine : on lui donne des cours, puis lui et son précepteur sortent, et « se déportaient dans une salle de sport ou dans un pré, et jouant avec un ballon, ou à la paume, galantement exerçant leur corps comme ils avaient exercé auparavant leur âme ». Ils *se déportaient* : je sais bien que nous avons emprunté le mot « sport » à nos voisins anglais au XIXe siècle seulement. Mais ce mot résulte de la déformation de notre « desport », qui remonte au Moyen Âge, et signifie divertissement, récréation. L'homme moderne se voit offrir deux façons non mortelles de dépenser son agressivité primaire (la seconde étant, et elle n'est pas moins socialisée que la première, la sexualité) : ce n'est déjà pas si mal.

Stoïcisme

On retient généralement de la morale stoïcienne les traits les plus grandioses. Ainsi de

116

l'indifférence à sa propre douleur, qui est l'un des idéaux les plus spectaculaires du sage. Mais les stoïciens n'ignorent pas que rares sont ceux qui peuvent pratiquer une morale aussi exigeante. Aussi ont-ils imaginé la doctrine des *préférables* : nous devons nous efforcer, autant qu'il est possible, de choisir la conduite préférable, à défaut de l'idéale ; ce n'est pas là une démission, mais un courage. Il ne dépend pas de nous que nous atteignions chaque fois la cible ; mais il dépend de nous d'essayer.

Subtil

Avant de beurrer une tartine, il est encourageant de savoir que d'après les meilleurs spécialistes, le beurre peut être analysé au moyen de quatre-vingt-dix descripteurs sensoriels.

Sucre

On sait que le sucré, pour tous les hommes, c'est le doux (tel est le sens du mot *glukus*). La saveur sucrée est de fait universellement recherchée, notamment par les enfants. On connaît des civilisations hostiles à l'amer. On en connaît de rétives à l'acide ou au salé ; aucune que le sucre rebute. Il est vrai que la saveur sucrée domine le lait, ainsi que le liquide amniotique (j'aime ces informations péremptoires que l'on rencontre dans les magazines de vulgarisation, car elles engendrent des images absurdes et drôles : un instant on s'imagine le type en blouse blanche chargé de tester pour nous le liquide amniotique). La fonction sensorielle du goût étant opérationnelle, *in utero*, au bout de quatre mois, on peut objectivement affirmer que notre rapport au sucre date d'avant même notre naissance.

Le sucre est un supplément. C'est sa grande différence avec le sel, denrée vitale, et de ce fait activement recherchée par les hommes depuis l'âge du néolithique, au moins : certaines mines de sel datent de ce temps-là. La consommation de sel a connu son sommet dans le monde au milieu du XIXe siècle. Ensuite nous sommes entrés dans l'âge du sucre. Le sucre se digère aisément, il procure une sensation de bien-être immédiat, c'est un plaisir facile. C'est pourquoi (la diététique n'explique pas tout) toutes sortes de moralistes l'ont condamné, davantage que le sel, qui n'est pas moins dangereux, mais beaucoup plus insidieux, puisqu'il se glisse dans tous nos pains, dans toutes les conserves de l'industrie agro-alimentaire, qui trouve avec le sel le moyen d'augmenter le poids des marchandises, en en diminuant le coût de production.

Il est vrai que le sucre possède une longue et amère histoire. Chacun se souvient de la formule de *Candide* : « C'est à ce prix que vous mangez du sucre en Europe. » On n'en ricanera pas trop vite, si on la rapproche de l'article « Sucrerie » de l'*Encyclopédie* de Diderot et d'Alembert, où l'on lit ceci : « On a déjà dit à l'article NÈGRES *considérés comme esclaves*, que cette espèce d'hommes est extrêmement vicieuse, très-rusée et d'un naturel paresseux. Les nègres, pour s'exempter du travail, feignent des indispositions cachées, affectent des maux de tête, des coliques, etc. dont on ne peut vérifier la cause par aucun signe extérieur. » Car le sucre est aussi une invention : avant que l'on isole chimiquement les glucides, le saccharose par exemple, le goût des hommes pour le sucre a vécu, si je puis dire, d'expédients, et l'on s'en remettait aux sucres fournis par la nature. Ceux des fruits à forte teneur glucidique, comme les dattes (près de 80 % de sucre) ; et le miel, évidemment. L'entrée du sucre dans l'âge industriel est liée, comme bien des progrès techniques, aux nécessités d'une guerre (le blocus anglais privait la France napoléonienne de cette denrée ; ce qui stimula la recherche de succédanés : en 1811 Napoléon remit sa propre Légion d'honneur à Benjamin Delessert, qui avait mis au point un sucre de betterave).

Maintenant si l'on considère cette industrialisation, quelle montée en puissance ! En 1900 on consommait dans le monde 8 millions de tonnes (le gros de cette consommation s'effectue alors, faut-il le préciser, en Europe) ; à la fin du XXe siècle, plus de 100 millions. En 1800 un Français en consommait 2 kilos par an, en moyenne, avec de grandes disparités selon les classes sociales; deux cents ans plus tard, 35 kilos par an. Et ces chiffres n'intègrent pas les sucres induits : les glucides se sont faufilés dans notre alimentation, dans de nombreuses boissons, de sorte que désormais notre consommation indirecte est supérieure à notre consommation directe. Les conséquences sur la santé des Occidentaux sont bien connues. Ainsi le capitalisme a-t-il transformé la plus grande des douceurs en une violence sournoise et écœurante.

Tabac

Le seul argument recevable contre la consommation du tabac et contre celle des stupéfiants légers est qu'il détériore nos sensations.

Tapas

C'est le signe d'une civilisation raffinée, prévenante, que de proposer, sur de grands plateaux, de petites portions variées ; les tapas offrent toutes sortes de sensations, et le plaisir puéril et charmant de la dînette.

Télévision

Ce qui est le plus violent dans la télévision, ce n'est pas son contenu, ni même la possible déréalisation qu'elle peut produire. C'est que l'image télévisuelle ne semble jamais manquer de rien. Elle n'a pas de hors champ : on n'y remarque pas une absence (dans les émissions dites littéraires, par exemple, aucun poète). La hantise de la télévision, c'est l'interruption du flux, la coupure son, la grève, tout ce qui pourrait affecter sa continuité. Quiconque cesse de la regarder, ne serait-ce qu'une semaine, et la rallume brusquement, peut mesurer sa vulgarité, l'insignifiance de la majorité de ses programmes.

Tempérance

On comprend mal cette vertu, et les autres, tant qu'on ne mesure pas ce qu'elle produit : des perceptions intenses, fines, très exactement : satisfaisantes.

Tramway

Il est de bon ton à Paris de se plaindre et de tout et de rien, mais voilà une réussite urbaine, qui atténue l'incroyable brutalité des boulevards des maréchaux, y fait surgir du gazon, en réduit le vacarme : le tramway.

Transgression

L'esthétique de la transgression est devenue tellement institutionnalisée, tellement stéréotypée, tellement admise, au fond, tellement attendue de l'artiste, qu'il devient urgent de trouver autre chose, et de ne pas dire quoi.

Ulysse

Si de tous les héros antiques Ulysse est celui qui nous touche encore le plus profondément, c'est qu'il est le héros de la ruse, c'est-à-dire du détour, de l'oblique, de l'intelligence technique, de l'esquive. Il doit sa survie à ces douceurs : Achille, lui, est mort depuis longtemps, là-bas, à Troie.

Un

L'article indéfini ne porte pas si mal son nom, si l'on songe qu'il peut signifier une singularité absolue (« Un chien apparut dans l'embrasure de la porte ») aussi bien qu'un degré très élevé de généralité (« Un chien doit être dressé ») ; et quelque chose d'intermédiaire (« au loin, un chien aboya »). Mot d'une grande modestie, puisqu'en tant qu'indéfini au sens strict il ne peut servir qu'une fois : si je commence à parler d'*un* chien, il devient *le* chien.

Urbanité

On nous rebat les oreilles avec la solitude dans les grandes villes, avec leur supposée violence. On oublie que la ville est le berceau de l'urbanité ; là seulement, l'individu confronté à la diversité des êtres, des conditions, des opinions, se polit. Il est de bonne philosophie d'aimer les villes pour leur douceur. Descartes conseille à son ami Guez de Balzac, dans une lettre du 5 mai 1631, de choisir de résider à Amsterdam, comme lui : « Quelque accomplie que puisse être une maison des champs, il y manque toujours une infinité de commodités, qui ne se trouvent que dans les villes [...]. En cette grande ville où je suis, n'y ayant aucun homme, excepté moi, qui n'exerce la marchandise, chacun y est tellement attentif à son profit, que j'y pourrais demeurer toute ma vie sans être jamais vu de personne. Je me vais promener tous les jours parmi la confusion d'un grand peuple, avec autant de liberté et de repos que vous sauriez faire dans vos allées, et je ne considère pas autrement les hommes que j'y vois, que je ferais les arbres qui se rencontrent en vos forêts, ou les animaux qui y paissent. Le bruit même de leur tracas n'interrompt pas plus mes rêveries, que ferait celui de quelque ruisseau. »

Vache

« Observe le troupeau qui paît sous tes yeux ;
il ne sait ce que c'est qu'hier ni aujourd'hui, il
gambade, broute, se repose, digère, gambade à
nouveau, et ainsi du matin au soir et jour après
jour, étroitement attaché par son plaisir et son
déplaisir au piquet de l'instant, et ne connais-
sant pour cette raison ni mélancolie ni dégoût.
C'est là un spectacle éprouvant pour l'homme
qui regarde, lui, l'animal du haut de son huma-
nité, mais envie néanmoins son bonheur — car
il ne désire rien d'autre que cela : vivre comme
un animal, sans dégoût ni souffrance, mais il le
désire en vain, car il ne le désire pas comme
l'animal. L'homme demanda peut-être un jour
à l'animal : "Pourquoi ne me parles-tu pas de
ton bonheur, pourquoi restes-tu là à me regarder ?" L'animal voulut répondre, et lui dire :
"Cela vient de ce que j'oublie immédiatement
ce que je voulais dire" — mais il oublia aussi
cette réponse, et resta muet — et l'homme de
s'étonner » (Nietzsche, *De l'utilité et des inconvé-
nients de l'histoire pour la vie*, 1).

Vandalisme

L'usage des téléphones portables dans des lieux publics, associé à l'apparition récente de modèles dotés de puissants haut-parleurs, participe à la destruction de l'espace public. Ce n'est pas être technophobe que de le constater, car le tapage est une barbarie particulièrement virulente : on peut fermer les yeux, se boucher le nez, mais quoi qu'on en dise on peut difficilement isoler convenablement ses oreilles. Je me souviens d'un passager de train lançant aux autres qui protestaient du vacarme produit depuis deux heures par son enfant d'une dizaine d'années : « Si vous n'êtes pas contents, vous n'avez qu'à mettre des walkmans ! » Des abrutis qui vous importunent, dans le métro, avec les basses et les stridences de leur lecteur MP3, on est sur le point de se consoler en pensant qu'ils deviendront sourds ; et puis l'on réalise que cela prépare une génération de sourds, qui beuglera sur le tard.

Victimes

S'il est une douceur affreuse, c'est celle des victimes. On connaît de ces femmes, de ces en-

fants, de ces hommes aussi (mais plus rarement : le sexe masculin fournit à la société plus
de bourreaux que de victimes). Comme si la
dernière forme de protestation de la victime est
de renoncer elle-même à toute violence, y compris à celle qui est nécessaire à la survie de tout
être. Les tyrans domestiques le savent : plus
leur domination est excessive, moins le risque
de révolte est grand (car se révolter, ce serait
manifester une analogie avec le bourreau, analogie qui, pour être superficielle et naturellement
trompeuse, n'en exerce pas moins d'autorité
sur la victime).

Vie, sentences, maximes
et opinions de Michel Drucker

« J'ai été attiré très tôt par les marginaux. »

« Franchement, on ne se débarrasse pas du
jour au lendemain de certaines blessures de
l'adolescence, de certaines plaies. Ça laisse des
traces. Ce fantôme de l'échec hante encore
aujourd'hui chaque seconde de ma vie. »

« Ma jeunesse a été marquée par une série de
coïncidences. »

« Et je suis revenu souvent en vacances, là-
bas, où je retrouvais un petit garçon qui était le

neveu du vétérinaire du pays, un petit garçon qui allait faire parler de lui, et que j'ai retrouvé par hasard, en avril dernier, lors d'un déjeuner chez Bouygues. C'est Patrick Le Lay ! Le numéro 2 de TF1. »

« Premier objectif : s'incruster. »

« Deuxième objectif : se rendre utile. J'arrive à six heures du matin, je me montre disponible, je deviens le grouillot de tous, le chauffeur de Zitrone, l'assistant de Couderc, le facteur de Chapatte, Pasteur, Darget et les autres, l'homme à tout faire... »

« Je remplis, après les trois mois réglementaires, ma demande de carte de presse, j'ai le n° 22177. »

« Si l'on reste trop longtemps dans la même discipline, dans le même domaine, on devient un fonctionnaire... C'est pour cette raison que je ne m'en suis pas tenu aux sports. Bien au contraire ! »

« Un artiste se doit d'être populaire ou n'est pas. »

« La Lorraine, les mineurs, le bassin houiller, grande zone d'écoute de RTL, c'est la zone où on en bave. C'est la chanson d'Enrico Macias "Les Gens du Nord". J'ai vu des gens gagner difficilement leur croûte. La télé, c'est leur seule distraction, leur lumière avant d'éteindre, avant de s'écrouler dans leur lit. Et à ces personnes-là, certains veulent dire : "Allons, tout ce que vous aimez, ça ne vaut rien. On va vous élever, vous alphabétiser." C'est fou. »

« La rançon du succès a de multiples visages. »

« Alors on découvre que la revanche, celle avec laquelle on croyait un peu naïvement en finir ce jour-là, revanche vis-à-vis de cet environnement natal qui vous a vu mal grandir et qui a porté sur vous un jugement alors que vous étiez sans défense, cette revanche est impossible. Ou éternelle, c'est-à-dire jamais assouvie pleinement, jamais pleinement satisfaite, partielle, avec des restes au fond de soi. »

« Longtemps, 70 % de mon public a été un "public de gauche", selon les sondages. Appartenant à la classe ouvrière et à la classe rurale. Normal, puisque j'ai commencé par le sport. »

« Oui, il faut respecter Licence IV comme il faut respecter "La Danse des canards". »

« Oui, l'envie d'être démago, c'est ce qu'il y a de plus difficile à "dompter". »

« Bien sûr, on ne peut pas contenter tout le monde. »

« Le plus grand showman de sa génération, en France, aura été Marcel Amont. »

> (Michel Drucker, *Hors antenne*,
> Calmann-Lévy, 1987.)

Vieillesse

Un sage taoïste nous dit :

Ce qui est dur et raide accompagne la mort.
Ce qui est tendre et faible accompagne la vie.

Mais il a tort de trouver la tendresse dans l'enfance. La jeunesse et la vieillesse ont en commun des duretés, des intolérances, un manque de souplesse ; l'âge mûr est le sommet d'une vie remplie ; le comprendre serait une bonne façon de reprendre à notre compte la notion d'adulte (qui semble n'avoir guère de partisans, en ces temps de jeunisme et de vieillissement de la population simultané). Cet équilibre du milieu de notre vie est le point où nous sommes le plus loin de la mort.

Violence

Malheur à celui par qui le scandale arrive : cette maxime biblique est d'une sagesse exacte. Chaque fois que l'on se trouve à dénoncer un scandale, chaque fois que l'on fait apparaître une violence là où l'ordre social feint de voir un simple état de fait, on paraît violent, on se voit reprocher son cynisme, etc. Peu importe.

Wagyu

Wagyu est le nom d'une race de vache nipponne, qu'on connaît ici sous le nom de bœuf de Kobé. Ces animaux sont élevés en tout petits troupeaux. On leur donne à boire de la bière, quand la chaleur menace de leur faire perdre l'appétit. On les masse avec une huile spéciale, afin que leur graisse sous-cutanée reste souple et ne s'accumule pas. On ne leur demande aucun travail de trait. Il en résulte la viande la plus tendrement persillée, la plus fine qui soit.

Wall (Jeff)

On ne doit pas se laisser impressionner, s'agissant d'œuvres d'art, par les questions techniques, parce qu'elles peuvent servir à des opérations de terrorisme intellectuel parfaitement odieuses. Certaines œuvres contemporaines se donnent en effet comme un simple dispositif dont on oublie de demander quel sens il produit au sein du monde ; ce qui est une façon d'intégrer, tout en la jouant rebelle, le règne sans partage de la fétichisation des marchandises. Alors que si un Ron Mueck, par exemple, est un artiste fascinant, ce n'est pas parce qu'il fabrique ses figures humaines géantes avec des résines spéciales ; c'est qu'il s'en sert pour nous interroger sur la perception humaine : c'est son œuvre qui est émouvante, dérangeante, non la genèse de cette œuvre (que des experts, des artistes, s'y intéressent, c'est autre chose).

Un artiste authentique affronte la question des techniques, il la médite, mais surtout il la surmonte : cela seul s'appelle une œuvre. Dans le cas de Jeff Wall, c'est une évidence : il utilise, pour présenter ses grandes photographies, des caissons lumineux, comme ceux qu'utilisent les constructeurs d'arrêts de bus pour les affiches publicitaires. Il s'en sert pour peindre la vie moderne, sans illusion sur ses aliénations, sur ses laideurs ; mais une sorte de douceur les baigne néanmoins, qui est celle du regard de l'artiste, car si Jeff Wall photographie des scènes quotidiennes, souvent violentes (une bourrasque de vent perturbe quelques passants ; un homme provoque dans la rue un Asiatique en tirant ses paupières pour brider ses yeux), c'est pour nous les (re)donner à voir. Cet arrêt sur image semble passif à un observateur pressé : il est entièrement actif, donc politique.

L'œuvre de Jeff Wall est savante, et cependant absolument élémentaire : s'il se réfère à beaucoup de ses prédécesseurs (Hokusai, Manet, Cézanne, etc.), ce n'est pas pour les citer, mais pour produire, ici et maintenant, une œuvre entièrement contemporaine. Il faut représenter notre monde comme s'il ne l'avait jamais été, en faire trans-paraître la vérité, et cela pour une raison très simple : notre monde, ici et maintenant, n'a jamais encore été représenté. Tout reste toujours à faire.

Winnie l'ourson

How sweet to be a Cloud,
Floating in the Blue!
Every little cloud
Always sings aloud

How sweet to be a Cloud,
Floating in the Blue!
It makes him very proud
To be a little cloud.

Introduction à la vie douce   9

Âge des bonbons   11
Amande   13
Amitié   13
Aphorismes   17
Art de se taire   17
Assujettissement   18
Astaire (Fred)   19
Aubes   21
Au lecteur   22
Barthes (Roland)   22
Beckett (Samuel)   23
Billy Budd, marin   23
Bologne   24
Bouche   25
Boucherie   25
Caresses   27
Changements   30

Chanson française	30
Chaptal (Jean-Antoine)	32
Charmante	33
Chet Baker chante	34
Chiens de paille	35
Cimetière de la douceur	36
Clémence	36
Compagnie des eaux	39
Concept	39
Couple	42
Cuisine	43
Désespoir	44
Devise	45
Dolci	47
Douceur d'un vers français	47
Doudou	47
Doux prince	49
Drogues	50
Enfance	50
Enfants de Frédéric	51
Éponge	52
Exécution de La Douceur	53
Fadeur	54
Faiblesse	56
Faire l'amour	56
Fatigue	57
Femmes	57
Film sexuel	58
Fin de la violence	59

Flaveur	60
Forme du présent livre	61
Gauche	61
Gaudí (Antonio)	62
Gaulois	62
Gendarmes couchés	63
Habitudes	63
Haïku	64
Hodges (Johnny)	64
Hokusai (Katsushika)	65
Homosexualité	66
Incarnation	68
Incorporels	69
Intempéries	69
Intensités	70
Jardins	70
Je vous aime	71
Journal télévisé	71
La Fontaine (Jean de)	72
Langage	73
Lecture	74
Maladie	75
Maman, papa	76
Maradona (Diego)	76
Médecine	77
Médiocrité	78
Mineur	79
Modestie	80
Mort	80

Mou   81
Muqueuses   82
Napoléon   82
Négativité   83
Nicolette   83
Noces   84
Non-violence   85
Nouvel (Jean)   86
Nuages   89
Nudisme   89
Optimisme   90
Panenka (Antonín)   90
Parents   92
Paresses   92
Passivité   93
Personnalité   93
Plaisir   94
Pleats Please Issey Miyake   95
Poésie   96
Politesse   96
Pornographie de la douceur   98
Précision   99
Préludes   100
Prénatal   100
Pur   102
Ralenti   102
Rapports   104
Réalisme   105
Reliques   106

Révélateur   106
Riboulet (Pierre)   107
Rose   108
Rousseau (Jean-Jacques)   109
Sac à dos   109
Scat   110
Séduction   111
S'endormir   111
Service des Messages Succincts   112
Sexes   112
Silence   114
Soleils couchants   114
Sourire   114
Sport   115
Stoïcisme   116
Subtil   117
Sucre   117
Tabac   120
Tapas   121
Télévision   121
Tempérance   122
Tramway   122
Transgression   122
Ulysse   123
Un   123
Urbanité   124
Vache   125
Vandalisme   126
Victimes   126

Vie, sentences, maximes et opinions de Michel
Drucker   127
Vieillesse   130
Violence   130
Wagyu   131
Wall (Jeff)   131
Winnie l'ourson   133

Composition Nord Compo
Impression Novoprint
a Barcelone, le 6 décembre 2007
Dépôt légal : décembre 2007
1er dépôt légal dans la collection : septembre 2007

ISBN 978-2-07-034545-8./Imprimé en Espagne.